**Katharina Triebe, Regina Masaracchia,
Ingrid Fohlmeister, Ingrid Zellner, Dr. Harald Mini,
Ines Sebesta, Nicole Fünfstück, Angelika Haymann,
Attila Jo Ebersbach, Ilona Prakesch**

Das weiße Rentier

und andere Geschichten

Magic Buchverlag
Christine Praml

Magic Buchverlag im Internet mit Buchshop:
http://www.buchdesigner.de

© 2003 by Magic Buchverlag, Christine Praml

Alle Rechte vorbehalten.
Umschlaggestaltung: Magic Buchdesign, Birgit Kremer
Illustration: freie Cliparts
Herstellung: Magic Buchdesign, Birgit Kremer
Druck: Schaltungsdienst Lange o.H.G., Berlin
Printed in Germany
ISBN 3-936935-12-2

# Inhalt

Albert

Jahrelang hat mich der Kläffer geärgert. Immer, wenn ich müde nach Hause kam und nur noch eins im Kopf hatte, meine Beine auszustrecken und zu relaxen, fing der Hund meiner Nachbarin an zu bellen. In unserem Mietshaus sind die Wände verdammt dünn und meine Nerven sind ebenfalls verdammt dünn. Ich habe es nie ganz begriffen, wieso das Bellen immer genau einsetzte, wenn ich die Wohnungstür aufschloss. Als hätte der Hund tagsüber seine Lungen geschont, um mich dann ab siebzehn Uhr zu terrorisieren. Übrigens heißt er Bello, der Name sagt eigentlich alles. Manches Mal ging das Bellen in Jaulen über, genau dann, wenn Frauchen, also Frau Heinevetter, ohne ihren Bello die Wohnung verließ. Zu meiner Ehrenrettung sei an dieser Stelle bemerkt, dass ich ein höflicher Mensch bin, der die Mieter auf der Treppe grüßt und auch mal die Haustür aufhält, wenn jemand mit dicken Einkaufstüten rein will. Doch ein kleines Erholungspäuschen nach getaner Arbeit sollte mir doch gegönnt sein oder nicht? Ich habe alles probiert, nett mit der Frau Heinevetter gesprochen, energisch dem Hund Bello das Bellen per Zuruf verboten und zum Schluss einfach nicht mehr gegrüßt – ohne Erfolg. Selbst einen Umzug erwog ich. Doch plötzlich geschah etwas Unerwartetes.

Als ich vor einiger Zeit zu meiner Wohnung im dritten Stock hinaufstieg, öffnete sich bei der Frau Krause im Hochparterre die Tür einen Spalt breit – rein zufällig, versteht sich. Sie steckte ihren strubbligen Kopf raus und flüsterte mir zu: »Stellen Sie sich mal vor, Herr Albert, der arme Bello hat das Zeitliche gesegnet!« Dabei guckte sie mich so traurig an, als sei ihre bessere Hälfte verblichen. »Ach nee, wie das denn?«, fragte ich überrascht und sie erzählte mir ausführlich, dass er von einem Moped mit Seitenwagen überrollt worden sei. Der Fahrer hätte noch versucht auszuweichen, aber umsonst. Tja, das tat mir ja nun leid um das Tier, auch um die Frau Heinevetter, aber ehrlich gesagt, so ganz unglücklich war ich nicht. Die Frau Krause hatte wohl im Stillen gehofft, Schadenfreude auf meinem Gesicht zu lesen, aber den Gefallen tat ich ihr nicht. Also verschwand sie wieder. In meiner Wohnung angekommen, genoss ich die unerwartete Ruhe am Feierabend. Ich lag eine geschlagene Stunde ausgestreckt in meinem abgewetzten Ohrensessel und entspannte mich köstlich. Kein bellen, knurren oder jaulen störte mich in meinem Schlummer. Ein Zustand, der mir von nun an allabendlich vergönnt sein würde. Dachte ich jedenfalls.

Etwa eine Woche nach dem tragischen Tod von Bello schloss ich meinen Briefkasten im Treppenflur auf, als sich Schritte näherten, so ganz schleppend, als trüge jemand ein Riesen-Vertiko auf dem Rücken, so eines aus Eiche und mit schweren Eisenbeschlägen. Ich drehte mich um und – erblickte die Frau Heinevetter. Erst erkannte ich die gute Frau gar nicht, so leidgeprüft und gebückt schlich sie daher. Im Gesicht rotfleckig und mit ganz verquollenen Augen. Der Anblick ließ mich unsere alte Feindschaft schlagartig vergessen und ich sagte irgendwas Nettes, so in der Art von »Mensch, das tut mir aber leid mit Ihrem armen Bello. Musste er denn lange leiden?« Was man eben so daher redet. Da brach sie plötzlich in Tränen aus und schluchzte und weinte, wie einsam es jetzt für sie sei und keiner würde mehr zu Hause auf sie warten. Ich hab sie dann schnell mal gedrückt und fand Bello im Nachhinein gar nicht mehr so übel. Es gab mir einen gehörigen Stich, als sie völlig gebrochen die Treppe raufschlich, oh Mann.

Junggesellen wie ich lieben es, ab und zu sich selbst ihre Geschicklichkeit zu beweisen. So plante ich für meine Hobby-Ecke seit längerem ein Regal zu bauen. Die Latten besorgte ich mir aus dem Baumarkt. Leider hatte ich beim Abmessen nicht beachtet, dass die Latten unterm Fenster schmaler sein müssen. Ich beschloss, sie umzutauschen und ging aus diesem Grund noch einmal in den Baumarkt. Am Reklamationsstand wartete schon ein Ehepaar. Der Mann trug einen kleinen Transportkasten mit Löchern drin, in dem ich bei näherem Hinsehen ein zitterndes Vögelchen erspähte. Stimmt, im Baumarkt gibt's ja auch Tiere, das war mir als Tier-Muffel nur noch nie bewusst aufgefallen. Jedenfalls wollte das Ehepaar den Vogel umtauschen. »Der sagt keinen Mucks«, meinte die Frau zu der Verkäuferin als Begründung und der Mann setzte hinzu: »Auf den können Sie raufdrücken, wie Sie wollen, aus dem kommt kein Ton raus«. Mir war völlig neu, dass man auf Vögel raufdrücken musste, damit sie was von sich geben und der Verkäuferin schien das ebenfalls unbekannt zu sein. Die Diskussion wurde zunehmend erregter. Schließlich wollte das Ehepaar statt einem Vogeltausch lieber das Geld wiederhaben und die Verkäuferin telefonierte verzweifelt nach dem Verkaufsstellenleiter. Und da kam mir eine grandiose Idee! Wenn das Tier tatsächlich kein Tönchen von sich gab, so war es doch ein Lebewesen, das man gerne haben konnte und das sich freute, wenn man nach Hause kam. Das wäre doch ideal als Haustier für Frau Heinevetter. Sie hätte wieder jemanden zu umsorgen und ich meine Ruhe und ein gutes Werk getan. Mir wurde ordentlich warm von so viel Güte meinerseits. Ich drängelte also das Ehepaar zur Seite und schlug feierlich vor, den Vogel zu kaufen. Alle waren erleichtert und ich bekam sogar einen Preisnachlass von 2 Euro. Stolz wie ein Spanier marschierte ich also mit dem Tierchen im Tragekorb davon und vergaß völlig, die Latte umzutauschen. Aber das nur nebenbei. Zu Hause angekommen, klingelte ich bei der guten Frau Heinevetter. Sie machte auf und staunte über so seltenen Besuch wie mich. Als ich ihr dann galant den Vogel überreichte, war sie ganz aufgeregt und hat sich immer wieder bedankt. Einen Kaffee musste ich in ihrer Wohnstube noch trinken und die Butterplätzchen à la Urgroßmutter probieren. Dabei fachsimpelten wir, wo der günstigste Platz für einen Vogelkäfig wäre. Ein bisschen schlechtes Gewissen hatte ich schon, weil ich ihr doch nicht verraten hatte, dass der Vogel stumm war.

Inzwischen sind zwei Wochen vergangen. Heute kam ich nach der Arbeit nach Hause und dachte erst, ich hab mich verhört. Ich vernahm so ein undefinierbares Fiepen aus der Nachbarschaft, als wenn ein alter Teekessel zu pfeifen versucht, aber zu wenig Dampf hat. Das Geräusch wiederholte sich in immer kürzeren Abständen. Ich lauschte mit dem Ohr am Schlüsselloch. Und dann war es ganz eindeutig zu erkennen – aus Frau Heinevetters Wohnung kam ein Trillern und Zwitschern, dass es nur so eine Lust war. Mir brach der Schweiß aus, und die unterschiedlichsten Gefühle überkamen mich. Plötzlich ging die Wohnungstür auf und Frau Heinevetter stand strahlend im Türrahmen. »Hören Sie nur, mein Vogel, wie er zwitschert! Übrigens, ich habe ihn Albert getauft, Ihnen zu Ehren! Was sagen Sie jetzt?« Ja, also, ich war sprachlos. Freute mich natürlich und muss ehrlich gestehen, es gibt Geräusche, die einen stolz machen und die man ganz gerne erträgt ...

Albert

Katharina Triebe

13051 Berlin

1958 in Berlin geboren, studierte Sprachwissenschaften und arbeitete seitdem lange Jahre als Dolmetscherin in einem Außenhandelsbetrieb.

Seit Anfang der neunziger Jahre ist sie in einem pharmazeutischen Unternehmen als Sachbearbeiterin und Sekretärin beschäftigt. Sie ist verheiratet und hat zwei Kinder.

In ihrer Freizeit liest sie gerne und hört Musik

Seit einigen Jahren schreibt sie Kurzgeschichten, die teilweise schon veröffentlicht wurden. Mit einem kritisch-humorvollen Stil nimmt sie die alltäglichen Schwächen der lieben Mitmenschen aufs Korn.

Katharina Triebe ist außerdem freie Mitarbeiterin der Betriebszeitung ihres Unternehmens.

Amico

Wenn ich gewusst hätte, wie die Sache ausgeht, wäre ich an diesem eisigen Wintermorgen gar nicht erst aufgestanden!

Es war sowieso viel zu kalt, als dass es einem eine Freude gewesen wäre sich die Beine zu vertreten, aber ich habe schließlich das, was man Disziplin nennt und so nahm das Schicksal seinen Lauf und ich fand mich im Strudel der katastrophalen Ereignisse wieder, die ich mir wirklich hätte ersparen können!

Wer bricht schon gerne ins Eis ein und muss ein unfreiwilliges, kühles Bad nehmen, wenn die Außentemperatur minus 25 Grad ist! Aber alles der Reihe nach!

Es begann damit, dass mein Frauchen (ich habe ein wundervolles Frauchen!), wie jeden Morgen mit mir spazieren ging, joggen besser gesagt! Wir sind nämlich, trotz unseres leichten Übergewichts, durchaus sportlich und, wie bereits erwähnt, diszipliniert! (Jedenfalls, was die Bewegung angeht!) Auch, wenn es uns, ich geben es ja zu, ab und zu äußerst schwer fällt!

An diesem Neujahrsmorgen fiel es mir und meinem Frauchen Anna SEHR schwer uns aus dem warmen, kuscheligen Bettchen zu bewegen und uns auf die menschenleere, verschneite Strasse zu begeben, um unsere Runden zu drehen.

Wie immer schaute um diese Uhrzeit der kleine, hässliche Malteserhund unseres Nachbarn aus dem Fenster und gaffte uns mitleidig hinterher.

Ich habe herausgefunden, dass er, mit samt seinem Herrchen wirklich aus Malta stammt! Er bellt mit Akzent!

Ich tat also, wie immer, als wenn ich ihn gar nicht sähe und rannte hocherhobenen Hauptes hinter meinem sportlichen Frauchen her.

Ich gestehe, würde der graue Afghane, der in der weißen Villa gegenüber wohnt mir jeden Morgen hinterher schauen, wäre ich sicher geschmeichelt gewesen. Immer, wenn ich seinen Namen höre oder er mir zublinzelt, werden meine Knie ganz weich!

Der silbergraue Afghane heißt Amor von Ammersbach und der kleine, hässliche Malteser heißt Ruga! Hat man je einen lächerlicheren Namen gehört? Ich habe natürlich sofort im Wörterbuch nachgeschaut und Ruga heißt Falte! Ich lach mich kaputt! Wie kann man denn nur Falte heißen!

Naja, jedenfalls starrte der faltige Malteser, wie jeden Morgen aus dem Fenster und schaute uns hinterher, wie Anna

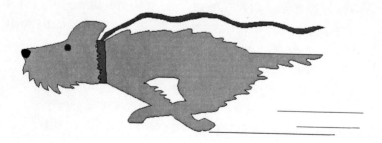

12

und ich, mehr oder weniger frisch und gelenkig und voller Elan, losrannten!

»Na, meine Mia, bist du bereit?«, fragte Anna und ich antwortete ihr heiter bellend.

Ich bin übrigens Mia! Mia, die zweijährige Mischlingshündin. Habe langes, rotes Fell, bin von mittelgroßer, robuster Statur und heiteren Gemütes! Meistens jedenfalls!

Es ging also, wie jeden Morgen um den großen Ententeich und dort drehen Anna und ich, seit je her unsere Runden, bis die Sonne langsam zum Vorschein kommt und unsere kalten Ohren sich langsam erwärmen. Der Atem schießt wie kleine Rauchwölkchen aus unseren Nasenlöchern und nach der dritten Runde ist mir so warm, dass ich am liebsten den ganzen Tag so weiter rennen würde, vorbei an zugeschneiten Wäldern und Wiesen!

Welch ein Leben!

Welch eine Freude!

Frohes Neues Jahr!

Mein Herz hüpfte vor Glück und Ausgelassenheit!

Anna lachte und ich bellte vergnügt!

Ja, wir sind ein starkes Team!

Nach einer guten Stunde hatten Anna und ich unser Soll erfüllt und wir machten uns, über die kleine Holzbrücke, auf den Nachhauseweg. Am Wegesrand erregten einige Silvesterknaller meine Aufmerksamkeit und aufgeregt schnüffelte ich im kalten Schnee.

»Mia, pfui!«, rief Anna und hob, um mich abzulenken, ein Stöckchen auf. »Los, such, Mia! Wo ist das Stöckchen?«

Ach, schon wieder der Stöckchentrick! Na gut, wenn es Anna Freude bereitet, dachte ich und gab meinem Bellen einen fröhlichen Klang.

Anna freute sich und warf das Stöckchen auf den zugefrorenen See. Ein paar Enten watschelten erschrocken beiseite.

Ich hüpfte hoch und rannte, flink, wie der Blitz, hinter dem dummen Stöckchen her.

Plötzlich hörte ich von der Holzbrücke ein Bellen. Das Bellen war nicht akzentfrei und gehörte dem Malteser Ruga, der mit seinem Herrchen einen Neujahrsspaziergang machte!

»Na, soll isch dir das Stöckschen suchen helefen?«, bellte der kleine, hässliche Ruga mit maltesischem Akzent. Ich schnaufte abfällig. »Du doch nicht!«, murmelte ich dann pikiert und hatte das Stöckchen bereits gesichtet. Eilig hastete ich hin und hob es auf und wedelte mit dem Schwanz.

»Bravo, bella Mia!«, bellte der Malteser erfreut.

In dem Augenblick sah ich einen silbergrauen Afghanen über die Holzbrücke stolzieren, begleitet von seinem hochnäsigen Frauchen, der Baronin von Ammersbach, die heute, passend zu ihrem Hund, ganz in einen silbergrauen Pelz gehüllt war. Amor schaute zu mir hinüber, schaute angewidert auf Ruga und würdigte mich keines Blickes mehr.

Am liebsten wäre ich im Erdboden versunken!

Nun hat mir dieser maltesische Wischmopp alle Chancen bei Amor verdorben! Ich war so sauer, dass ich wütend anfing zu knurren.

Aber da der liebe Gott ja kleine Sünden sofort bestraft, versank ich nicht im Erdboden, sondern im Wasser! Ich hörte noch ein leises Knarren und brach urplötzlich ins Eis ein!

Einen Moment lang war ich so geschockt von dem eisig kalten Wasser, dass ich keinen Ton heraus brachte, dann begann ich zu jaulen und in Panik auszubrechen!

Während ich um mein Leben paddelte, wurde es auf der Holzbrücke turbulent.

Anna und die Baronin kreischten, Amor starrte untätig zu mir herüber, Ruga bellte mit Akzent und sein Herrchen warf sich auf den Bauch und rutschte bäuchlings in meine Richtung. Einige Sekunden später, ich war schon ein paar mal in das Eiswasser eingetaucht und glaubte mein letztes Stündlein habe geschlagen, da stand plötzlich der kleine Ruga vor mir, schnappte sich meine Leine und gab sie seinem Herrchen, der nicht nahe genug an das Eisloch heran kam, ohne Gefahr zu laufen, selber einzubrechen.

Irgendwie kam mir der kleine, hässliche Ruga gar nicht mehr so hässlich vor! Und als ich in zwei warmen Daunenjacken gehüllt nach Hause getragen wurde, fand ich Ruga nicht akzentfreies Gebelle sogar äußerst sympathisch!

Am Abend, Anna und ich saßen vor dem Kamin und erholten uns von dem Schreck in der Morgenstunde, da klingelte es an der Haustür.

»Das werden Gino und Ruga sein!«, sagte Anna und wir sprangen beide gleichzeitig auf, um die Tür aufzumachen.

Vor der Tür standen Ruga und sein Herrchen Gino, der übrigens Tierarzt ist!

»Tschau, amico mio!«, bellte ich und lächelte Ruga freund-
lich entgegen. (Ich hatte extra im Wörterbuch nachgeschaut!)

»Frrohes Neuess Jahrr!«, bellte Ruga. »Ich heiße übrigens
Ruga della Rosa!«

Als ich merkte, wie meine Knie weich wurden, da wusste
ich, dass ich einen Freund gefunden hatte!

Einen Freund fürs Leben!

Regina Masaracchia

I-90030 Palazzo Adriano

Am 27.10.1966 in Berlin geboren, ist verheiratet und hat an der Freien Universität Berlin Germanistik, Grundschulpädagogik und Italienisch studiert.

Des weiteren ist sie ausgebildete Krankenschwester und befindet sich zur Zeit im Erziehungsurlaub - ihres dritten Sohnes. Danach möchte sie ihr Studium beenden.

Sie schreibt Kindergeschichten, die sie zum Teil illustriert. Zur Zeit arbeitet sie an ihrem ersten heiteren Frauenroman.

Im Herbst letzten Jahres hat sie an einem Kinder-Kurzgeschichten-Wettbewerb des Katercom Verlages in Viersen teilgenommen und mit einer ihrer Hexengeschichten gewonnen.

Auf den Hund gekommen

Seit wir aufs Land gezogen sind, fahr ich jeden Morgen mit dem Schulbus in die Stadt. Das ist voll geil!

Leider dürfen wir im Bus nicht Fußball spielen oder die Mädchen an den Haaren ziehen, sonst kriegen wir Ärger mit Herrn Düse, und das wär nicht so gut. Herr Düse ist unser Busfahrer. Er ist so groß wie Omas Küchenschrank und heißt Daniel. Darum nennen wir ihn auch manchmal ›Daniel Düsentrieb‹. Ein Wunder, dass er das Steuer zwischen seinen Pranken noch nicht verbogen hat.

Normalerweise ist er sehr lustig und singt auf der Fahrt, dass die Scheiben scheppern. Die Leute, an denen wir vorbeifahren, denken dann, es donnert. Nur in einer Sache kennt er keinen Spaß, und das ist Pünktlichkeit. »Er ist die Pünktlichkeit in Person«, sagen die Leute bei uns im Dorf. Deshalb wurde auch das Glockenläuten abgeschafft. Die Leute haben es sich nämlich angewöhnt, ihre Uhren nach seiner Hupe zu stellen. Jeden Morgen Punkt halb acht hupt es, und da steht sein knallroter Bus mitten auf dem Marktplatz! »Alles einsteigen, dalli, dalli!«, donnert er, und wir müssen uns beeilen rein zu kommen, wenn wir ihn nicht verärgern wollen.

Auch gestern hupte es um halb acht, wie immer, die Leute stellten ihre Uhren, Herr Düse donnerte: »Dalli, dalli!«, und wir stiegen ein, so schnell wir konnten ... Das heißt, ich hab die zickige Sara noch mal schnell gekniffen. Auch Lasse hat dem langen Ole eben noch ein Bein gestellt. Dafür hat er von ihm eine reingekriegt. Aber das ist ganz normal. Die Bustür war schon fast zu, und Herr Düse startete. Da sauste ein kleines schwarzes Wollknäuel durch den Türspalt und verkroch sich unter den Sitzen.

»Was ist das?«, brüllte Herr Düse sofort und stellte den Motor ab. »Raus damit, aber dalli!«

Wir Jungs lagen schon alle auf dem Bauch am Boden, nur die blöden Mädchen standen auf den Sitzen und kreischten. Na ja, nicht alle, einige sind ja auch ganz in Ordnung. Das Wollknäuel war ganz bis in die hinterste Ecke gesaust und wir kriegten es nicht zu fassen. Wie wir noch nach ihm angelten, da bellte es.

»Ein Hund, ein Hund, oh wie süß!« Jetzt lagen auch alle Mädchen auf dem Boden. Und schon war die schönste Rangelei im Gange. Sascha und Niklas haben sich hin und her gerollt und irgendwie Saras Kleid dazwischen gehabt. Sie hat versucht, den Zipfel raus zu ziehen, und dabei hat es 'ratsch!' gemacht. Sie hat geheult, mit einem Riss im Kleid geht sie nicht in die Schule, und ihre Mutter wird sich beim Lehrer beschweren. Blöde Kuh! Warum muss sie auch immer so was Unpraktisches anziehen.

»Aufhören, aber dalli! Setzt euch alle wieder hin!«, hat Herr Düse wieder gebrüllt, und diesmal hat es ordentlich gedonnert. Dann hat er eine dicke Scheibe Wurst von seinem Butterbrot genommen und dem Hund hingehalten. Tatsächlich konnte er den Hund damit bis vor die Tür locken. Schnell stieg er wieder ein und drückte auf den Türknopf. Die Tür setzte sich zischend in Bewegung, aber im letzten Augenblick sprang der Hund wieder rein.

»Kruzitürken!«, schimpfte Herr Düse.

Aber der Hund hat sich gefreut und mit dem Schwanz gewedelt. Dann ist er zu Herrn Düse gelaufen, hat ihm die Hand geleckt und Männchen gemacht. Es war ein schöner Hund. Sein Fell hatte unten am Bauch kleine Löckchen. Die kurzen spitzen Ohren waren an den Enden abgeknickt. Dazu hatte er einen Ringelschwanz, aber mit langen Haaren dran, und zutrauliche Augen.

Auch Herrn Düse gefiel der Hund, das konnte man gleich merken, aber er sagte, Hunde im Schulbus sind gegen die Bestimmungen. Ob einer was weiß, wie wir ihn wieder loswerden können.

Da hat Lasse gesagt, einer muss dem Hund ein Stöckchen schmeißen, damit er weiter wegläuft und Herr Düse die Tür rechtzeitig zukriegt. Lasse ist mein Freund. Er kann sogar auf den Händen gehen und hat mir gezeigt, wie man Regenwürmer züchtet. Herr Düse hat dann gefragt, wer von uns denn am weitesten werfen kann.

»Ich«, hat Katrin gerufen. Da hab ich mich beinah Schrott gelacht. Ein Mädchen und am weitesten werfen! Ich hab' gesagt, dass ich viel weiter werfen kann, und das stimmt auch. Ich bin ausgestiegen, weil ich es zeigen wollte, und Katrin ist auch ausgestiegen.

»Ich auch, ich auch!«, haben noch ungefähr zehn andere geschrien und sind auch ausgestiegen. Ole, der Lulatsch, hat sich beinah die Arme verknotet. Einige Jungs waren ganz gut und sogar Katrin, aber nicht so gut wie ich. Wir haben alle Stöckchen in die verschiedensten Richtungen geschmissen, der Hund hat sich gefreut wie toll und ist rumgerannt und hat gebellt. Aber auf einmal hat es fürchterlich laut gehupt und Herr Düse war dunkelrot im Gesicht.

»Sofort einsteigen, aber dalli!«, hat er geschrien. Na, das haben wir dann lieber getan. Der Hund aber auch.

»Können wir ihn nicht mit in die Schule nehmen?«, fragte Lasse. »Oh ja, bitte, bitte!«, riefen alle. Aber Herr Düse hat wieder was von Bestimmungen gemurmelt. Er darf nur Personen befördern, aber keine Tiere, hat er gesagt. Lasse soll noch mal ganz allein ein Stöckchen schmeißen, weil es ja auch seine Idee ist. Gesagt, getan. Und wirklich, diesmal war die Tür zu und der Hund draußen. Aber leider Sara auch, nämlich hinten!

Alle wollten natürlich ganz genau sehen, was passiert und haben sich an die hintere Tür gestellt. Es war ein ziemliches Gedrängel. Dabei ist Sara rausgefallen. Ehrenwort! Ich hab sie nicht geschubst. Sie hat schrecklich geschluchzt, die alte Heulsuse. Da ist der Hund zu ihr hin gelaufen und hat ihr kaputtes Knie geleckt. Sofort hat Sara noch viel mehr geschluchzt und den Hund festgehalten. Und dann hat sie gesagt, sie bleibt da sitzen, wenn der Hund nicht mitdarf. Und überhaupt, das ist Sünde, so ein armes Tier.

Das war nun wieder gut, denn diesmal hat Herr Düse nur gestöhnt und gesagt, sie soll in Gottes Namen mit dem Hund einsteigen und wir auch, sonst kommen wir alle zu spät zur Schule. Aber anschließend bringt er den Hund ins Tierheim. Irgendwie war er gar nicht mehr böse und hat sogar schon wieder gesungen.

Heute Morgen mussten wir zum ersten Mal ziemlich lange auf den Bus warten. Das war merkwürdig.

»Neben Herrn Düse sitzt 'ne Frau«, sagte Lasse plötzlich, als der Bus näher kam. »Kuck mal, die sieht richtig komisch aus.« Und wirklich, die Frau hatte eine riesige Motorradfahrerbrille auf. Um den Kopf war ein Tuch geschlungen, und ein langer Schal flatterte mit einem Ende zum Fenster raus.

Das war auch merkwürdig.

»Na ja«, meinte ich missmutig, »Personen darf er ja mitnehmen, bloß Hunde nicht.«

»Oh Schiet, die soll bestimmt auf uns aufpassen!«, unkte Lasse. »So 'ne Schreckschraube! Hör doch mal, was die für 'ne Stimme hat!« In der Tat, das klang eher wie Gebell. Herrn Düse schien das aber nicht weiter zu stören, denn, und das war das Allermerkwürdigste, er sang aus vollem Halse.

»Darf ich vorstellen«, sagte Herr Düse als die Tür aufging: »Das ist Fräulein Daisy!«

Und wisst ihr, wer da saß?

Haltet euch jetzt gut fest!
Mitten auf dem Beifahrersitz thronte – wie eine Königin – unser Hund!

Auf den Hund gekommen

Ingrid Fohlmeister

24977 Westerholz

Prof. Dr. med. Ingrid Fohlmeister, niedergelassene Fachärztin für Pathologie in Neumünster und apl. Professorin für Pathologie der Universität Köln. 57 Jahre alt, 17-jährige Tochter.

Aufgewachsen in Lübeck, Studium der Medizin in Kiel und Köln sowie der Musik (Fach: Querflöte) in Köln, Promotion und Habilitation im Pathologischen Institut der Universität Köln, jetzt wohnhaft in der Nähe von Flensburg an der Ostseeküste.

Vor ca. fünf Jahren Wiederaufnahme einer alten Leidenschaft: Schreiben.

Veröffentlichungen: Kurzgeschichten in Anthologien

Das weiße Rentier

Nicht, dass Schweden für mich Neuland gewesen wäre. Ich verbringe schließlich seit Jahren jeden Sommer im hohen Norden und spreche daher mittlerweile auch fließend schwedisch. Aber in diesem Jahr hatte ich mir etwas ganz besonderes vorgenommen: Ich wollte – wie immer allein und mit meinem Auto – Sápmi erkunden, den Lebensraum der Urbevölkerung Nordskandinaviens, der Sámi. Zum ersten Mal also steuerte ich zielsicher in Richtung Polarkreis und darüber hinaus.

Die Schönheit Lapplands war geradezu atemberaubend. Immer wieder hielt ich an, lauschte der Stille um mich herum, sog die in der kla-
ren Luft und der hoch stehenden Sommersonne unglaublich intensiv leuchtenden Farben in mich ein. Das glitzernde Wasser der zahlreichen Seen und die majestätische Ruhe der endlosen

Wälder erweckten in mir ein ungeheures Glücksgefühl. Was für ein herrliches Land!

Schon vor dem Polarkreis war ich den ersten Rentieren begegnet. Sie liefen frei umher und auch unbekümmert auf der und über die Straße. Bald lernte ich ein ungeschriebenes Gesetz Lapplands kennen: Rentiere haben immer Vorfahrt, und sollten sie sich vorübergehend auf der Straße niederlassen, um sich auf dem warmen Asphalt die Bäuche zu wärmen, dann steigt man als Autofahrer nicht auf die Hupe, sondern auf die Bremse und wartet schön brav, bis die Tiere genug haben und sich von selbst davon trollen.

Kurz hinter Jokkmokk, also bereits nördlich des Polarkreises, bot sich mir plötzlich ein überwältigender Anblick. Eine riesengroße Rentierherde zog durch den Wald und über einen nahe gelegenen Hügel rechts von der Straße. Klar, dass ich auf der Stelle mein Auto am Wegesrand abstellte und mit dem Fotoapparat auf die Pirsch ging – so eine Gelegenheit bietet sich nicht alle Tage.

Zum Glück sind Rentiere – im Gegensatz zu den Elchen – nicht unbedingt scheu, sondern eher neugierig. Ich fotografierte, dass die Linse glühte, und folgte dabei der Herde immer weiter auf ihrem Weg. Dabei lief mir auch ein einzelnes weißes Rentier vor die Kamera. Doch als ich auf den Auslöser drückte, geschah etwas Seltsames: Das weiße Rentier blieb stehen und wandte seinen Kopf mir zu. Unsere Blicke trafen sich ...

Wie lange wir uns anblickten, das vermag ich heute nicht mehr zu sagen. Dann drehte sich das weiße Rentier um und schloss sich wieder der Herde an.

Ich starrte ihm nach – noch lange, nachdem alle Rentiere hinter dem Hügel verschwunden waren. Ich fühlte, dass ich etwas Besonderes erlebt hatte. Aber was?

Irgendwann kehrte ich, fast wie in Trance, zu meinem Auto zurück. Das Bild oder besser: der Blick des weißen Rentieres ging mir nicht mehr aus dem Kopf. Es war fast so, als habe es mir etwas sagen wollen ...

Ach was, wies ich mich schließlich selbst zurecht. Über diesem Land mag ja wohl ein gewisser Zauber liegen, aber deshalb können die darin lebenden Tiere noch lange nicht sprechen. Es war wohl der beeindruckende, wunderbare Anblick all dieser herrlichen Rentiere gewesen, der mir diesen absurden Gedanken eingegeben hatte. Und überhaupt sollte ich mich jetzt um wichtigere Dinge kümmern, zum Beispiel um eine Unterkunft für die Nacht.

Nur wenige Kilometer weiter lud mich ein handgeschriebenes Schild ein, nach links auf einen holprigen Waldweg abzubiegen, der mich zu einer kleinen Rentierfarm führte. Dort, so hatte auf dem Schild gestanden, konnte man Leben und Kultur der Sámi kennen lernen, Rentiere aus der Nähe sehen und sogar in einer echten Kåta, einer aus dünnen Baumstämmen gefertigten Sámi-Hütte, übernachten. Das klang vielversprechend.

Ein freundlicher älterer Mann mit wettergegerbtem Gesicht begrüßte mich. Ja, ich könne gerne hier übernachten, ich sei im Moment der einzige Gast, und ob ich mir die Kåta unten am See ansehen wolle. Er schickte seine beiden Hunde los, um ein paar seiner frei im Wald umherlaufenden Rentiere zusammen zu treiben, und führte mich zu der zeltförmigen Hütte. Sie war innen völlig mit Tannenzweigen ausgelegt, über die Rentierfelle ausgebreitet worden waren. In der Mitte befand sich eine Feuerstelle. Mathis, so hieß mein Begleiter, holte ein paar Holzscheite aus einem nahe gelegenen Schuppen, und bald knisterte ein gemütliches Feuer; der Rauch suchte sich durch ein Loch im Dach der Kåta den Weg ins Freie.

»Möchtest du Kaffee?«, fragte Mathis.

Er nahm einen von Ruß völlig geschwärzten Kessel, verließ die Kåta und holte Wasser aus dem See. Dann gab er eine Handvoll grob gemahlenen Kaffee dazu, den er in einem weichen Lederbeutel bei sich trug, und stellte den Kessel ins Feuer.

»Es dauert ein Weilchen, bis der Kaffee kocht«, meinte Mathis. »Lass uns nachschauen, ob meine Hunde erfolgreich waren.«

Sie waren erfolgreich. Sieben Rentiere ästen friedlich in einem großzügigen Gatter, dessen Eingang nun von den Hunden bewacht wurde. Mathis steckte ihnen eine kleine Belohnung zu und schloss die Gattertür hinter uns zu.

»Keine Angst«, sagte er. »Die Rentiere sind ganz friedlich. Du kannst ruhig nahe zu ihnen hingehen und sie streicheln.«

Mir am nächsten stand ein prachtvolles Tier mit weit ausladendem Geweih. Vorsichtig näherte ich mich ihm und strich ihm sanft über das glänzende braune Fell. Ein paar Sekunden ließ es sich das gefallen, dann lief es weiter. Dafür machte sich ein anderes, kleineres Ren an mich heran. Offensichtlich interessierte es sich für die Tasche, die ich bei mir trug. Ich stellte die Tasche zu Boden und beobachtete amüsiert, wie das kleine hellbraune Tier neugierig seine Nase hineinsteckte. Als es sich nach erfolgreicher Inspektion von meiner Tasche abwandte und ich sie wieder aufnahm, sah ich, wie Mathis eine Art Lasso ergriff und mit einem geschickten Wurf eine der Renkühe einfing.

»Kannst du sie einen Augenblick festhalten?«, fragte er und zog dabei eine Holzschale aus der Tasche. »Dann melke ich sie, und du kannst probieren, wie Rentiermilch schmeckt.«

Er zeigte mir, wie ich das Tier am Geweih anfassen sollte. Vorsichtig, als handele es sich um eine Meißner Porzellankanne, griff ich zu – und musste aber auch sofort nachfassen, als die Renkuh wie unwillig ihren Kopf schüttelte. Dann aber beruhigte sie sich und ließ sich willig von Mathis melken. Bald reichte er mir die Schale. Zu meiner Verblüffung war gerade mal der Boden bedeckt.

»Ja, die Renkühe geben nicht viel Milch«, erklärte Mathis. »Das ist aber auch nicht nötig, weil ihre Milch so fett ist, dass die Kälber nicht mehr brauchen. Probier mal!«

Ich setzte die Schale an die Lippen und kostete. Ja, Mathis hatte Recht; es war, als tränke ich dicke, süße flüssige Sahne. Ich bot Mathis den Rest an, aber er schüttelte lächelnd den Kopf, und so leerte ich die Schale und gab sie ihm dankend zurück.

»Der Kaffee müsste jetzt fertig sein«, meinte Mathis. »Gehen wir.«

Er öffnete das Gatter, und während die Rene wieder in den Wald liefen, kehrten wir in die Kåta zurück und ließen uns auf den Rentierfellen nieder. Mathis nahm den Kessel aus dem Feuer und goss Kaffee in zwei offensichtlich handgefertigte Holztassen. Dazu bot er mir kleine Stücke getrockneten Rentierfleischs an. Der Kaffee war stark und aromatisch, und die ungewohnte Beigabe schmeckte köstlich. Mathis erzählte mir, dass getrocknetes Renfleisch ebenso wie getrockneter Fisch unverzichtbare Vorräte für seine Vorfahren waren, die sommers wie winters als Nomaden ihren Rentierherden auf dem Weg zu neuen Weideplätzen folgten. Aus diesen Zeiten stammte auch die Fertigkeit, aus Baumstämmen und Rentierfellen innerhalb kürzester Zeit eine Unterkunft wie diese Kåta zu bauen.

»Die Rentiere«, sagte Mathis, »geben uns alles, was wir brauchen: Fleisch als Nahrung, Felle gegen die Kälte, Leder für die Kleidung, Sehnen für Nähfaden, Knochen und Geweih für Alltagsgegenstände. Alles Leben verdanken wir dem Rentier. Du weißt, dass die Welt aus einem Rentier entstanden ist?«

Nein, davon hatte ich wirklich noch nie gehört.

Mathis nahm einen Schluck aus seiner Kaffeetasse, schloss für einen Moment die Augen und blickte dann direkt in das flackernde Feuer.

»Am Anfang war ein weißes Rentier. Aus diesem weißen Rentier entstand die Welt. Seine Sehnen wurden zu Flüssen, sein weißes Fell wurde zu den Bergen und Wiesen. Seine leuchtenden Augen wurden zu den Sternen am Himmel. Sein Herz jedoch wurde tief in die Erde versenkt. Seitdem schlägt es dort, gibt so der Erde Leben und spinnt millionen unsichtbarer Fäden, die an die Erdoberfläche dringen und dort alles Leben erfassen und zusammenhalten.«

Er schob ein neues Holzscheit ins Feuer.

»Deshalb ist auch heute noch ein weißes Rentier etwas ganz Besonderes. Mein Großvater hat mir immer gesagt: Wenn dir im Wald ein weißes Rentier begegnet, dann pass genau auf, ob es dich ansieht – denn dann will es dir etwas mitteilen.«

Ich hatte gespannt der Erzählung des Alten gelauscht. Die Vorstellung, dass alle Lebewesen dieser Welt durch unsichtbare Fäden aus der Erde miteinander verbunden sind, faszinierte mich. Seine letzten Worte jedoch trafen mich wie ein Schlag. Hatte ich nicht genau das erst wenige Stunden zuvor erlebt – in jenem Waldstück kurz hinter Jokkmokk?

Hatte das weiße Rentier mich nicht tatsächlich angeblickt? Hatte ich nicht das Gefühl gehabt, dass es mir etwas sagen wollte? Hatte es mir womöglich sogar in der Tat etwas mitgeteilt, und ich hatte es nur nicht verstanden?

Ich konnte nicht anders, ich musste Mathis von dieser Begegnung erzählen.

Er hörte mir aufmerksam zu und nickte dann.

»Ja«, sagte er, »ohne Frage hast du in diesem Augenblick eine Botschaft erhalten. Und ganz bestimmt hast du sie auch verstanden. Höre nur tief in dich hinein. Höre auf dein Herz. Dort wirst du die Botschaft klingen hören.«

Er legte noch einmal Holz nach und erhob sich.

»Wenn du wirklich hier übernachten willst, dann hole ich dir jetzt einen warmen Schlafsack.«

Er verließ die Kåta und ließ mich in ziemlicher Verwirrung zurück. Was um alles in der Welt, sollte ich in meinem Inneren klingen hören? Nichts hörte ich klingen, gar nichts. Wahrscheinlich galt diese Geschichte nur für die Sámi im hohen Norden, aber nicht für pragmatische Mitteleuropäer.

Ich trank den Rest Kaffee aus meiner Holztasse aus und beschloss, noch einmal einen Blick nach draußen zu werfen. Es war ein herrlicher lauer Sommerabend – nein, eine Sommernacht, denn ein Blick auf meine Uhr sagte mir, dass es bereits halb elf war, obwohl die Sonne noch hell am Himmel stand. Ich schlenderte zu dem See hinunter, setzte mich ans Ufer und blickte über die spiegelglatte Wasserfläche. Wieder umgab mich eine wunderbare Stille. Außer ein paar Vogelrufen war nichts zu hören. Alles atmete Ruhe, Frieden, Harmonie. Als ob ...

Als ob alles Leben, von millionen unsichtbarer Fäden zusammengehalten, zu einer Einheit verschmelze.

Aber dann ... dann musste ja auch mich ein solcher Faden aus dem Herzen jenes ersten weißen Rentiers erfasst haben. Dann gehörte ich dazu. Ich war nicht einfach Beobachter dieses überwältigend schönen Fleckchens Erde, ich war ein Teil davon. Ich war ein Teil der Natur, und die Natur war ein Teil von mir. Nie zuvor war mir das so bewusst geworden.

War das etwa die Botschaft des weißen Rentiers gewesen? Hatte es mich willkommen geheißen an einem Ort, nach dem ich mich unbewusst immer gesehnt hatte? Gehörte ich hierher? War ich hier, in Sápmi, zu Hause angekommen? War es Zufall, dass ich nur wenig später die Milch eines Rens getrunken hatte? War ich dadurch sozusagen zu einem Kind dieses Landes geworden?

Das Knacken eines Zweiges hinter mir ließ mich herumfahren. Mathis war zurückgekehrt.

»Dein Schlafsack liegt in der Kåta«, sagte er. »Ich habe auch den Kaffee da gelassen, und etwas Brot und getrocknetes Fleisch, für alle Fälle. Morgen früh bringe ich dir dann Frühstück. Schlaf gut.«

Er blickte mich einen Augenblick aufmerksam an, nickte dann lächelnd und ging zurück zu seinem Haus.

In dieser Nacht, in der Kåta neben dem wärmenden Feuer liegend, schlief ich nicht viel. Immer wieder hörte ich Mathis' ruhige Stimme, seine Erzählungen vom Nomadenleben der Sámi, von ihrer vollkommenen Harmonie mit der Natur und von der Bedeutung des weißen Rentiers. Ich fühlte mich in der Welt, die ich an diesem Tag kennen gelernt hatte, geborgen. Mehr noch: Eine Hand war mir gereicht worden, und ich würde sie ergreifen. Ich wollte ein Teil dieser wunderbaren Welt der Sámi werden. Das würde nicht von heute auf morgen gehen, das war mir klar. Ich würde noch vieles lernen, würde mein Leben, meine Lebensweise von Grund auf ändern müssen. Aber ich war entschlossen, dem Ruf des weißen Rentiers zu folgen.

Am nächsten Tag verabschiedete ich mich von Mathis. Er stellte keine Fragen, schien sich gar nicht dafür zu interessieren, ob ich inzwischen wohl die Botschaft des weißen Rentiers verstanden hätte. Aber ich bin überzeugt, dass er es wusste.

Seitdem ist Sápmi meine zweite Heimat geworden, in die ich so oft wie möglich zurückkehre. Ich habe auch immer wieder viele Rentiere gesehen. Aber ein weißes war nicht mehr darunter gewesen. Auch Mathis bin ich nie wieder begegnet.

Um so mehr hüte ich noch heute eine Fotografie aus jenem Sommer, die mich immer an den Augenblick erinnert, der mein Leben veränderte: das Foto des weißen Rentiers in jenem Wald kurz hinter Jokkmokk.

Das weiße Rentier

Ingrid Zellner

85221 Dachau

Geboren 1962 in Dachau. Studium der Theaterwissenschaft, der Neueren deutschen Literatur und der Geschichte in München. 1968 Magisterexamen. 1990 bis 1994 Dramaturgin am Stadttheater Hildesheim. Freie Mitarbeit als Musikredakteurin und Lektorin bei Zeitschriften und Verlagen. Veröffentlichung von CD-Bokklet-Texten und von Theaterstücken. Seit 1996 Dramaturgin an der Bayerischen Staatsoper München.

Die Geschichte »Das weiße Rentier« beruht auf wahren Begebenheiten. Um der Stringenz der Erzählung willen wurden lediglich Ereignisse, die zu zwei verschiedenen Zeitpunkten stattgefunden haben, auf einen gemeinsamen Tag verlegt. Auch der Name der Figur Mathis ist erfunden. Ansonsten habe ich alles so erlebt, wie hier geschildert.

Der kleine lila Apfelwurm

In einem Garten stand ein großer alter Apfelbaum. Im Frühling blühte er wunderschön. Eine Apfelblüte aber war besonders schön, und die Bienen, die die Blüten befruchteten, summten einander zu, dass aus dieser Blüte wohl ein einzigartig prächtiger Apfel werden würde.

Der Sommer kam, und auch die Sonne, die mit all ihrer Kraft in den Garten schien, meinte, dass diese Blüte wohl die schönste von allen wäre. Und weil sie von allen Früchten die Äpfel am liebsten wachsen sah, schickte sie dieser einen Blüte einen besonders warmen Strahl.

Aus der Blüte wurde die Frucht, und der Apfel wuchs und wuchs und wurde tatsächlich der schönste und kräftigste Apfel, den man je gesehen hatte. Der Apfel war auch recht stolz darauf, dass er so gut gelungen war, und sah mitleidig und auch ein wenig hochmütig auf die anderen Äpfel, die weniger schön waren oder beim leisesten Luftzug vom Baum fielen.

Der Herbst kam und mit ihm die Erntezeit. Der Apfel freute sich schon darauf, gepflückt zu werden, denn es ist die Bestimmung jedes Apfels, gepflückt und gegessen zu werden, und so konnte er es kaum erwarten. Jedoch all die anderen Äpfel auf seinem Baum wurden geerntet und landeten in einem Apfelkorb, nur er, der schönste von allen, wurde hängen gelassen. Die Pflücker sagten nur: »Seht doch, wie schön der ist! Den lassen wir noch etwas hängen, damit wir uns an seinem Anblick erfreuen.«

Und so vergingen Tage und Wochen, und die Äpfel im Baum wurden immer weniger. Nur der eine schöne Apfel blieb weiterhin hängen, nur, dass er nun langsam an Schönheit einbüßte und auch an Kraft verlor. Bald war er überreif, bei weitem nicht mehr so prächtig wie er gewesen war, und auch am Ast konnte er sich nur noch mit Mühe halten. »Vergesst mich nicht!«, rief er den Pflückern zu, doch die schienen ihn nicht zu hören und rissen lieber andere Äpfel vom Baum.

Eines Tages verspürte der Apfel ein Rumoren in seinem Inneren. »Es wird doch nicht zu Ende gehen mit mir?«, sagte er sich, doch da sprach ihn auch schon jemand an.

»Ich bin's, ein Wurm. Du gestattest, dass ich es mir in dir gemütlich mache?«

Der Apfel erschrak. Ein Wurm! Das war das Schlimmste, was einem Apfel geschehen konnte.

»Nein, hinaus mit dir!«, rief er. »Weißt du nicht, dass ich der schönste Apfel weit und breit bin? Ich kann keinen Wurm gebrauchen.«

»Wenn du so schön bist, warum hat dich dann noch keiner gepflückt?«, erwiderte der Wurm ungerührt und knabberte den Apfel am Kerngehäuse an.

»Sie heben sich halt das Beste zum Schluss auf«, sagte der Apfel, doch es klang nicht sehr überzeugend.

Der Wurm bohrte sich durch das Fruchtfleisch des Apfels bis zur Schale und steckte seinen Kopf heraus. Es war ein kleiner lila Apfelwurm, und als er das Licht der Sonne erblickte, musste er erst einmal blinzeln.

»Es ist aber niemand mehr da«, sagte er dann. »Du bist der einzige Apfel, der noch am Baum hängt.« Dann verschwand er wieder im Apfel drinnen und nahm noch einen Bissen.

So ging es einige Tage dahin. Der kleine lila Apfelwurm bohrte ausgedehnte Gänge durch den Apfel, verspeiste genüsslich das Fruchtfleisch und wurde dabei immer größer und dicker, während der Apfel immer mehr zusammenschrumpfte.

Dem Apfel machte das aber weit weniger aus, als man annehmen würde. Er hatte nämlich schon jede Hoffnung aufgegeben, noch von den Pflückern vom Baum geholt zu werden, und da seine Apfelfreunde alle schon geerntet waren, hatte er in seinem unfreiwilligen Gast wenigstens einen Gesprächspartner, der ihm die Zeit vertrieb und der ihm überdies mehrmals das Kompliment machte: »Ehrlich, Apfel, du schmeckst prima!«

Schließlich war es aber soweit, und der Wurm sagte zum Apfel: »Es ist Zeit. Ich muss dich jetzt verlassen.«

Der Apfel sagte, ganz leise und schwach, weil er nun schon recht alt und schrumpelig war: »Oh! Schade. Warum? Wir verstehen uns doch ganz gut. Für einen Wurm bist du ganz nett.«

»Ich habe halt auch meine Zeit«, sagte der Wurm. »Du hast deine Zeit zum Blühen, Wachsen, Reifen, und ich fühle, dass meine Zeit gekommen ist, dich zu verlassen, um mich mit anderen Würmern zu treffen.«

»Schade«, meinte der Apfel nochmals, aber er wusste, dass er daran nichts ändern konnte. Und er wusste auch, dass er selbst nicht mehr lange am Baum hängen würde, weil ihn die Kräfte nun immer mehr verließen. So nahmen die zwei Abschied, und der lila Apfelwurm, der nun gar nicht mehr klein war, bohrte sich seinen Weg ins Freie, in die kalte Oktoberluft. Auf der verknitterten Schale seines Apfels kroch er über den Stängel zum Ast des Baumes und dann nach unten, zur Erde.

Und als er unten angekommen war und von seinen Würmerfreunden freudig begrüßt wurde, war die Zeit für den Apfel gekommen. Er konnte sich nicht länger am Baum halten und fiel hinab ins Gras, doch noch während er fiel, sah er, dass sein Apfelwurm der schönste Wurm weit und breit war, viel größer und prächtiger als alle anderen Würmer, und er wusste, dass er nicht umsonst gelebt hatte ...

Der kleine lila Apfelwurm

Dr. Harald Mini

A-4040 Linz

Im Hauptberuf Richter beim Bezirksgericht Linz und nebenberuflich als Autor tätig.

Zum einen schreibt er Heiteres (bislang an die 500 veröffentlichte Satiren, 1 Satiren-Sammelband ist soeben erschienen, Kabarett, Sketche u. ä.), zum anderen Krimis
(und sonstige Fernsehspiele). Unter anderem entstanden
2 »Tatort«-Krimis (vom ORF produziert); ein Krimi ist bereits in Buchform erschienen.

Darüber hinaus schreibt Dr. Mini Fach-Literatur aus seinem
Spezialgebiet: österreichisches Exekutionsrecht (bislang 3
veröffentlichte Werke).

Der verliebte Kampffisch

Als ich den Kescher ins Wasser tauche, werde ich von dem Jüngling aufmerksam beobachtet. Er schwebt vor ihr und macht nur widerwillig Platz. In jenem Moment, als ich sie ihm nehme, komme ich mir unendlich gemein vor. Es ist vorbei. Verwundert ertappe ich mich dabei, wie ich ihm tröstende Worte zuflüstere, dabei bräuchte ich selbst Trost. Ich habe das Bedürfnis, jemandem davon zu erzählen, jetzt sofort.

Es wird ein Brief. Die Worte und Sätze reihen sich wie von selbst aneinander und während ich hin und wieder zum Aquarium blicke, entsteht vor mir die Geschichte einer erstaunlichen Liebe:

Lieber Freund,

ich habe Dir schon lange nicht mehr geschrieben, wie es den Fischen in unserer Küche geht. Du erinnerst Dich sicher an den prächtigen Kampffisch und seine beiden Gefährtinnen, die Du uns vor zwei Jahren geschenkt hast. Als Du mir damals vom interessanten Balzgehabe und dem kämpferischen Temperament der Männchen erzähltest, hatte ich ehrlich gesagt, nicht weiter darauf geachtet. Für mich waren es einfach Fische, nur eben recht farbenprächtige.

Leider lebte der stattliche Kampffischmann nicht lange. Vielleicht hat er den Trubel des Umzugs nicht verkraftet – jedenfalls fehlte er den beiden Fischmädels, die sich ohne ihn sehr langweilten. Wie Du weißt, steht das Aquarium in der Küche gerade so, dass ich es in Sichthöhe vor mir habe, wenn ich Kartoffeln schäle, Gemüse schneide oder den Kindern ihre Schulbrote schmiere und obgleich die orangenen Schwertträger die Gunst der Stunde nutzten und sich als die wilden Chefs im Aquarium aufspielten, schien es mir ohne den Kampffischmann leer und traurig. Eine Zeitlang hielt ich mich an Deinen Rat, älteren Fischmädels keinen jungen Kerl vor die Nase zu setzen, da sie sich sowieso nicht füreinander interessieren würden. Auf Dauer fiel es mir aber schwer, auf einen solch prächtigen Schmuck in meinem Küchenaquarium zu verzichten. Vor einigen Monaten siegte mein Egoismus. Im Zoogeschäft entdeckte ich einen wunderschön gefärbten, grazilen Schönling und obwohl er mir im Vergleich zu den bei-

den Mädels zu Hause recht klein erschien, kaufte ich ihn sofort.

Der Kampffisch-Jüngling fand sich in unserer Küche schnell zurecht und binnen weniger Minuten hatte er sich die führende Position im Becken erkämpft. Die anderen Fische stoben jedes Mal auseinander, wenn er sich mit jugendlichem Übermut zwischen sie drängte und sein Spiel mit ihnen trieb. Ein paar Tage später stellte ich fest, dass er sich durchaus auch für seine weiblichen Artgenossen interessierte. Da die Mädels wie ein Ei dem anderen glichen, konnte ich lange nicht feststellen, ob er beide umschwärmte, oder ob er einer den Vorzug gab. Das änderte sich in jenem Moment, als eine der Fischdamen krank wurde und sich äußerlich sehr zu ihrem Nachteil veränderte. Es war offensichtlich, er mochte nur eine von beiden und erstaunlicherweise begehrte er die schöne Kranke. Nun, dank Deiner Erklärung weiß ich, dass die bevorzugten Weibchen ein prächtiges Farbkleid tragen. In der Regel mag das so sein, nicht aber in unserer Küche, denn aus der weinroten Schönheit war inzwischen ein blässlich-braunes unansehnliches Fischlein geworden. Die Arme verlor Schuppen und jeden Morgen, wenn ich beim Brötchen aufbacken wieder in das Becken schaute, fehlte ein weiteres Stück von ihrer Schwanzflosse. Nach einer Woche bot sie einen recht kläglichen Anblick, denn offenbar hatte sie nicht genug Kraft, sich der Krankheitserreger zu erwehren. Sooft ich in der Küche war, suchte ich das Becken nach ihr ab und meist fand ich sie, verborgen hinter ihrem Lieblingsstein am Grund des Beckens kauernd und ihn davor wachend, dass keiner der Schwertträger oder vorwitzigen Guppys ihre Ruhe stören möge. Während dieser Zeit wurde ich Zeuge eines wunderbaren Schauspiels, denn der Jüngling war in tiefer Liebe zu ihr entbrannt. Sobald ich Futter in das Becken krümelte, kostete er nur kurz, um dann sofort zu seiner Liebsten zu schwimmen.

Er forderte die Erschöpfte auf, mit ihm zur Oberfläche aufzutauchen, um die Mahlzeit nicht zu verpassen. Sobald sie etwas gefressen hatte – und mir schien, sie würde es nur ihm zum Gefallen tun – dankte der Jüngling es ihr durch besondere Aufmerksamkeit. Er begann sich vor ihr schön zu machen – er blähte die Kiemen, stellte seinen prächtigen Schwanz einem Pfauenrad gleich auf, spreizte die Rückenflosse und umschwamm sie aufgeregt mit den Kiemenflossen fächernd. Dieses Balzritual ist wohl bei Kampffischen nicht ungewöhnlich, es wurde aber bei meinem Liebespaar dadurch zu etwas Besonderem und Außergewöhnlichem, da die Begehrte äußerlich inzwischen alles andere als attraktiv war, sondern eher einen bemitleidenswerten Eindruck machte. Außerdem wurden beide von dem zweiten Kampffischmädel beobachtet, das in vollster Schönheit und Pracht nicht nur unbeachtet blieb, sondern ständig von ihm verscheucht wurde. Der Jüngling umgarnte nur seine Auserwählte und diese schien es zu genießen. Offensichtlich hatte er sich entschieden, allen Widrigkeiten zum Trotz zu ihr zu halten. Ich, die ich sonst morgens an nichts anderes denken kann, als an einen frisch gebrühten Kaffee, ich stürmte jeden Tag als erstes zum Aquarium, um mich zu vergewissern, dass beide in trauter Zweisamkeit noch da waren und jedes mal fand ich sie bei ihrem Lieblingsstein liegend und ihn davor wachend. Dieses Bild rührte mich sehr. Warum war ich nur so fasziniert? Weil ich erwartet hatte, dass er sich der anderen schön gefärbten und vor Kraft strotzenden Fischfrau zuwenden würde? Dem Jüngling war es gelungen, mich zu beschämen.

Während ich dieses innige Verhältnis beobachtete, hoffte ich, es möge ewig so weitergehen. Leider kam es anders, denn nach ein paar Wochen ging es ihr wirklich sehr schlecht – der Schwanz bestand nur noch aus einem Streifen, die Rückenflosse war tief eingekerbt und ihr Körper sah an einigen Stellen recht kahl aus. Den Jüngling störte das nicht. Er bedachte sie weiterhin mit jeglicher Fürsorge und Aufmerksamkeit. Außerdem hielt er sie in Schwung, indem er sie täglich zwei, drei mal durch das Becken trieb, um ihrem alternden Körper die notwendige Bewegung zu verschaffen. Sooft es ging, beobachtete ich die beiden und ein wenig beneidete ich die Fischfrau, denn ich wusste, sie wird bis zu ihrem letzten Tag umschwärmt und geliebt werden.

Lieber Freund, wie jeder Aquarianer habe auch ich mich schon einige Male überwinden müssen, einen kranken oder sterbenden Fisch von seinem Leid zu erlösen. Nun fürchtete ich den Tag, an dem ich ihr würde helfen müssen. Schon der Gedanke daran ließ mich schaudern. Wie sollte ich es übers Herz bringen, die beiden zu trennen, wo sie doch bisher gemeinsam allen Widrigkeiten des körperlichen Verfalls tapfer die Stirn geboten hatten? Konnte ich ihm seine Gefährtin nehmen und wie würde der Jüngling diesen Verlust verkraften? Sicher hätte ich es getan, wäre er nicht gewesen. So aber entschied ich mich für einen Rettungsversuch in Form einer bräunlichen Medizin-Tinktur. Zwei Tage später geschah ein kleines Wunder. Sie kam erstaunlicherweise wieder zu Kräften. Wie alle anderen Aquariumbewohner schwamm sie zum Futterloch, sobald ich zur Büchse griff, dann tanzte sie ihrem Freund aufreizend vor der Nase herum oder besuchte ihre Artgenossin, die sich wie immer in der grünen Ecke versteckt hielt. Kurz gesagt – die Geliebte schien zu neuem Leben erweckt und auch der Kampffisch geizte nicht mehr mit seinen Reizen. Beide waren täglich stundenlang mit ihrem Hochzeitstanz beschäftigt und wenn sie sich vom Flirten erschöpft zu Boden sinken ließ, schwebte er stolz über ihr, stets wachend, dass sie niemand belästige. Manchmal ertappte ich mich dabei, wie ich in Gedanken Schlagzeilen für die Zeitung verfasste, in dem Sinne von: »Seine unendliche Liebe rettete ihr das Leben«. Das späte Glück der beiden hielt wochenlang an und ich dankte ihm im Stillen nicht nur einmal, dass er mich mit seiner Liebe daran gehindert hatte, vorschnell einzugreifen.

Nun, Wochen später verschwand die schöne Kranke immer öfter hinter einer Muschel. Ihr zweiter Frühling schien zu Ende zu gehen, denn nun forderte das Alter seinen Tribut. Der Jüngling wich auch jetzt nicht von ihrer Seite, während er das andere Weibchen nach wie vor keines Blickes würdigte. Tage später verließ die Geliebte ihre Muschel nur noch ganz selten.

Heute früh, gerade wollte ich mir einen Milchkaffee kochen, fand ich die Muschel leer. Schlimmes ahnend, erblickte ich sie an der anderen Seite des Beckens am Boden treibend – offensichtlich hatte diese zärtliche Beziehung in der Nacht zuvor ihr Ende gefunden. Ich musste sie ihm nehmen. Inzwischen sind bereits einige Stunden vergangen und jetzt, da ich Dir diese Zeilen schreibe, sehe ich ihn immer noch suchend zwischen der Muschel und der Stelle ihres Todes hin und her schwimmen. Es ist ganz erstaunlich und es drückt mir das Herz zusammen.

Lieber Freund, als Du uns das Aquarium schenktest, habe ich von Fischen nicht viel mehr gewusst, als dass sie stumm sind und sich zur Dekoration eignen. Inzwischen meine ich, sie müssen auch eine Seele haben. Könnten sie sonst lieben?

Hoffend, dass es Dir gut geht,

grüße ich Dich ganz herzlich

Deine I.

Als ich losgehen will, um den Brief einzustecken, sehe ich den Jüngling das ganze Aquarium durchforsten, während ihn die andere aus ihrem sicheren Versteck beobachtet.

Der verliebte Kampffisch

Ines Sebesta

16356 Werneuchen

Seit Abschluss ihres Gartenbau-Studiums in Bulgarien dolmetsche und übersetzte sie nebenberuflich (Bulgarisch). Neben Fachtexten hat sie unter anderem auch Hörspiele für den Rundfunk ins Deutsche übersetzt. Im Moment arbeitet sie an der Übersetzung des Buches »Phänomen Vanga« einer Dokumentation über die berühmte bulgarische Wahrsagerin »Baba Vanga«.

Nebenbei schreibt Ines Sebesta Kurzprosa, Novellen, hin und wieder auch Gedichte (unveröffentlicht). Durch ihre Liebe zum Sport, insbesondere zum Rhönradturnen, wurde sie zum Schreiben ihres ersten Buches angeregt. Der »Rhönrad-Report«, in dem sie Wissenswertes und Unterhaltsames über diese faszinierende Turnsportart zusammen fasste, ist im Mai 2003 im Verlag »Sport und Buch Strau?« erschienen. Seit ihrer Umschulung zur Reiseverkehrskauffrau ist sie saisonal im Tourismus bzw. als Reiseleiterin tätig. Ich habe 2 Töchter (13 und 15 Jahre).

e-mail-Adresse: ISebesta@aol.com

Die Katze

»**M**e voy, te vas, se va ...« klang es mehrstimmig aus dem geöffneten Fenster des Klassenzimmers. Luisa murmelte leise die geforderten Worte, doch sie war nicht recht bei der Sache, es war einfach zu warm zum Lernen. Immer wieder wanderte ihr Blick über den Schulhof, hinüber zu der kleinen Dorfkirche und deren alter Turmuhr. Gleich war der Unterricht vorbei, dann würde sie nach Hause laufen, die Badesachen einpacken und schwimmen gehen. Wenn sie sich ein wenig reckte, konnte sie das Mittelmeer sogar, türkisgrün, zwischen den Dorfhäusern leuchten sehen. Luisa starrte träumend auf den, in der Sonne liegenden, umzäunten Pausenhof, dessen Kopfsteinpflaster von schattenspendenden Pinien unterbrochen wurde. Sie seufzte leise und wollte ihre Aufmerksamkeit gerade wieder dem Unterricht zuwenden, als sie die Katze bemerkte. Regungslos saß diese auf dem Hof, in der Sonne und starrte, ohne zu zwinkern, zu dem Fenster hinüber, hinter dem Luisa saß. Es war eine wunderschöne Katze: Orange-getigert und mit großen, klaren, grünen Augen, die

Luisa direkt anzusehen schienen. Das Mädchen und das Tier musterten sich eine ganze Weile, ohne sich zu bewegen, dann erklang die Schulglocke. Die Katze zuckte mit der Schwanzspitze, erhob sich, stolzierte bis zum Tor und drehte sich dort noch einmal um. Sie warf Luisa einen rätselhaften Blick zu, und verschwand dann gemächlich um die Ecke, ohne sich von den ersten, aus dem Schulgebäude stürmenden, Kindern stören zu lassen. Luisa starrte ihr verwundert hinterher. »Anda, Luisa«, riss ihre beste Freundin sie aus ihren Gedanken, »schläfst du? Wir wollen doch zum Meer, komm' endlich.« Luisa zuckte zusammen: »Raquel, hast du die Katze gesehen?«, fragte sie ihr Gegenüber, während sie schnell ihre Hefte in ihre Schultasche stopfte. Die Gefragte schüttelte den Kopf: »Da war keine Katze. Ich habe die ganze Zeit über zum Kirchturm geschaut, wenn da eine Katze gewesen wäre, hätte ich sie gesehen. Du willst mich wohl auf den Arm nehmen.« Raquel zerrte Luisa zur Tür. Während ihres Nachhauseweges, der die beiden Mädchen durchs Dorf und vorbei an weißen Häusern führte, deren grüne Fensterläden, wegen der Mittagshitze geschlossen waren, dachte Luisa kaum noch an die Katze und als sie eine Stunde später mit Raquel im Wasser herumtobte, hatte sie das Tier bereits vollkommen vergessen.

Am nächsten Vormittag, zur gleichen Zeit, war es jedoch wieder da. Luisa hatte, obwohl sie wie immer dem Zeiger der Kirchturmuhr gefolgt war, nicht gesehen, wie die Katze auf den Pausenhof gelangt war. Wie am Tag zuvor saß das Tier unbeweglich in der Sonne und starrte sie an, bis die Schulglocke läutete. Dann wandte es sich zum Gehen und hielt am Schultor noch einmal an. Diesmal jedoch, verschwand es nicht sofort um die Ecke, sondern setzte sich erneut und wartete. Die an ihm vorbeigehenden Kinder, ignorierte es vollkommen. Auch die Kinder schienen die Katze überhaupt nicht zu bemerken. »Raquel, komm her, schnell. Siehst du sie jetzt? Dort am Tor sitzt sie.« Luisa zog Raquel zum Fenster und zeigte auf die Katze, die immer noch neben dem Torpfosten saß. »Luisa, du brauchst eine Brille, da ist nichts außer einer alten Plastiktüte. Komm jetzt, wir wollten doch ein Eis essen, bevor wir nach Hause gehen.« Luisa starrte zum Tor. Die Katze war verschwunden, an der Stelle, an der sie eben noch gesessen hatte, lag nur eine zerknautschte, orangefarbene Plastiktüte. »Aber sie war da«, rief Luisa und lief hinter Raquel her.

Die Katze kam von nun an jeden Tag. Sie erschien, von einem Moment zum anderen, und so sehr Luisa sich auch anstrengte, sie bekam nie heraus, wo das Tier so plötzlich herkam. Es erschien einfach zur gewohnten Zeit, verhaarte, bis zum Läuten regungslos in der Sonne und verschwand dann, jedoch nicht, ohne Luisa noch einmal einen rätselhaften Blick zugeworfen zu haben.

Doch dann erschien die Katze eines Tages früher als sonst. Entgegen ihren Gewohnheiten blieb sie diesmal nicht ruhig in der Sonne sitzen, sondern spielte Theater: Sie sprang mit allen Vieren gleichzeitig in die Luft, jagte ihrem eigenen Schwanz hinterher und schoss eine der Pinien immer wieder hinauf und hinunter. Luisa, die an diesem Tag sehr schlimme

Kopfschmerzen hatte, musste laut Lachen, was ihr merkwürdige Blicke von ihren Klassenkameraden eintrug, die das Tier, erstaunlicher Weise, nicht sahen.

Auch das wurde zur Gewohnheit. An Tagen, an denen es Luisa nicht gut ging, kam die Katze früher und spielte den Clown, an anderen, saß sie nur ruhig in der Sonne. An einem besonders heißen Tag, kurz vor den Sommerferien, war sie, wie immer wenn Luisa Kopfschmerzen hatte, früher erschienen, saß aber diesmal unter einer der Pinien, im Schatten und putzte sich. Luisa, die ihr, wie in Trance, zugesehen hatte, zog mit einem Mal scharf die Luft ein: Ein fieser, stechender Schmerz, war durch ihren Kopf geschossen. Die Katze hielt mit dem Putzen inne, sah das Mädchen an und sagte: »Nun frag' mich schon, ich merke doch, dass du etwas wissen willst.« Luisa starrte das Tier überrascht an und vergaß völlig ihre Kopfschmerzen. »Du kannst sprechen?«, fragte sie ungläubig. »Natürlich, du doch auch«, antwortete die Katze und legte sich bequem in den Schatten. »Ich bin auch ein Mensch, du bist ein Tier«, erklärte Luisa ihre Verwirrung. »Da wo ich herkomme, gibt es diesen Unterschied nicht. Alles was existiert, kann sich untereinander verständigen«, berichtete die Katze, »auch existieren wir in Frieden und Liebe zusammen. Es gibt keinen Krieg, keinen Streit, keine Schmerzen. Niemand will dem anderen böses, und keiner von uns kennt die Angst. Aber mal abgesehen davon: Dies ist eigentlich nicht mein Körper, ich habe ihn mir nur geborgt, um hier nicht so aufzufallen.« »Wie siehst du denn sonst aus?«, fragte Luisa neugierig, »und außerdem: wenn niemand bei euch die Angst kennt, woher weißt du dann, was es ist?«»Ich war nicht immer dort. Früher habe ich mal hier, auf der Erde gelebt, und da habe ich gelernt, was Angst ist«, antwortete das Tier leise. »Du hast mir noch nicht gesagt, wie du sonst aussiehst«, beharrte Luisa, »außerdem würde ich auch gerne wissen, wie du das hinbekommst, dieses Auftauchen, wie aus dem Nichts.«»Ach, das ist gar nicht schwer, das kann jeder bei uns«, winkte die Katze ab, »und wie ich sonst aussehe, verrate ich dir, wenn wir uns ein bisschen besser kennen.« »Es muss wunderschön bei euch sein«, überlegte Luisa, »nimmst du mich mal mit?«

»Luisa! Luisa, kannst du mich hören?« Die Stimme der Klassenlehrerin drang wie durch einem Nebel zu ihr. Luisa hob mühsam den Kopf, der komischer Weise auf der Tischplatte lag und sah, dass sie umringt war von ihren Mitschülern, die sie ängstlich anstarrten. Etwas lief aus ihrer Nase und tropfte auf den Tisch. Blut.

Nachdem die Lehrerin sie in das Zimmer des Schuldirektors gebracht und auf dessen Sofa gelegt hatte, rief sie Luisas Eltern an. Es dauerte nicht lange, bis diese aufgeregt erschienen und mit Luisa ins Krankenhaus fuhren.

Nach unzähligen Untersuchungen lag Luisa nun in einem Bett, auf der Kinderstation. Die Ärzte hatten gesagt, dass sie, bis man die Ergebnisse der Untersuchungen hatte, im Krankenhaus, zur Beobachtung bleiben sollte. Ihre Eltern hatten sich gerade verabschiedet und ihr versprochen, am nächsten Morgen wiederzukommen. Luisa lag im Halbdunkel des Raumes und konnte nicht schlafen. Ihre Kopfschmerzen waren verschwunden, und auch das Nasenbluten hatte aufgehört. Das Leben war unfair! Dadurch, dass sie hier bleiben musste, würde sie morgen die Katze verpassen. Jetzt, wo sie miteinander sprachen und sie erfahren sollte, wie das Tier wirklich aussah, hielt man sie hier fest. Es war wirklich zu dumm. »Guten Abend«, ertönte eine Stimme vom Fußende ihres Bettes. Luisa setzte sich vorsichtig auf, und da saß sie: Die Katze. »Wie bist du hier reingekommen? Tiere sind im Krankenhaus verboten. Hat dich niemand gesehen?«, sprudelte es aus Luisa heraus. »Ach Luisa«, seufzte die Katze, »Ihr Menschen schaut doch nie richtig hin, deshalb seht ihr auch nur einen Bruchteil von dem, was existiert.« »Aber ich sehe dich doch«, protestierte Luisa. »Natürlich«, stimmte die Katze zu, »aber *nur* du siehst mich. Ist dir das denn wirklich noch nicht aufgefallen?« »Doch«, gab Luisa zu, »woran liegt das?« »Nun, sagen wir mal, dass deine Sinne jetzt geschärft sind«, antwortete das Tier. »Warum sind meine Sinne geschärft?«, wollte Luisa es genau wissen. »Weil sich etwas in dir verändert«, die Katze musterte das Mädchen, mit strahlenden grünen Augen. Überhaupt schien das Dämmerlicht ihr nichts auszumachen. Ihr Fell leuchtete immer noch genauso, wie im Sonnenschein. »Das hängt mit meinen Kopfschmerzen und dem Nasenbluten zusammen, nicht wahr?«, stellte Luisa fest. Die Katze nickte. Die Fragen, die Luisa eigentlich als nächste hatte stellen wollen, kamen ihr nicht über die Lippen, deshalb meinte sie: »Du hast vorhin gesagt, dass alle, da wo du herkommst, einfach aus dem Nichts auftauchen können. Das stelle ich mir lustig vor. Man kann sich so bestimmt prima gegenseitig erschrecken.«»Das könnten wir, aber warum sollten wir das tun? Warum sollten wir uns gegenseitig Angst einjagen?«, die Katze schaute ganz überrascht.»So habe ich das noch gar nicht gesehen«, murmelte Luisa kleinlaut.»Ich weiß, weil für euch Menschen das ›sich gegenseitig Erschrecken‹ schon zur Gewohnheit geworden ist, denkt niemand mehr darüber nach.« Die Katze drehte sich, mit den Pfötchen tretend, im Kreis und fuhr dabei ihre Krallen aus und zog sie wieder ein. Dann legte sie sich hin. Luisa beugte sich vor:»Und wie ist es dort, wo du herkommst? Wie lebt man dort?«

»Dort wo ich herkomme ist alles Licht und Liebe. Wenn du fliegen willst, kannst du fliegen, und wenn du lieber tauchen willst, kannst du auch das. Du kennst alle Geheimnisse und sprichst alle Sprachen, es gibt keine Grenzen und keinen Neid. Die Landschaft ist blühend und gesund und sieht so aus, wie du es gerne möchtest. Es gibt dort kein Wesen, das wichtiger, bedeutender oder geringer wäre, als irgend ein anderes. Alles was existiert, ist gleich.« Luisa sah die Katze mit träumenden Augen an:»Das klingt wunderbar, kann ich dich dort denn mal besuchen?« Das Tier schüttelte den Kopf:»Das geht nicht, Luisa. Wer zu uns kommt, der kommt nicht nur zu Besuch, sondern bleibt für eine Weile, und wenn er zur Erde zurückkehrt, dann in einem neuen Kleid. Deshalb erkennen ihn die Menschen, die ihn früher kannten, auch nicht wieder. Wie gesagt, die meisten Menschen schauen nie richtig hin.«»Aber wenn ich nur ein anderes Kleid trage, wird meine Mutter mich doch wieder erkennen, da bin ich mir ganz sicher«, protestierte Luisa,»zeig mir doch wenigstens ein bisschen von deiner Welt.« Die Katze überlegte eine Weile, dann erhob sie sich: »Es ist noch nicht der richtige Zeitpunkt dafür, aber ich kann dich wenigstens schon mal zum Tor bringen. Dort musst du dann selbst entscheiden, ob du eintreten oder zurückkehren willst. Folge mir einfach.« Das Tier sprang vom Bett. Luisa erhob sich und folgte ihm zur Tür. Sie gingen durch das Krankenhaus und hinaus auf die Straße, und obwohl es von Menschen nur so wimmelte, hielt niemand das kleine Mädchen im Nachthemd auf. Die Katze lief von der Straße weg, in den, hinter dem Krankenhaus liegenden Pinienwald, und Luisa tat es ihr gleich. Sie waren noch nicht lange gegangen, da kamen sie zu einer Lichtung, mit einem silberglänzenden Wasserfall. Feine Gischt sprühte, und das Wasser, welches sich, unterhalb des Falles, in einem Teich sammelte, war so glasklar, dass Luisa den Grund sehen konnte.

»Es ist wunderschön«, flüsterte sie heiser, »aber wo ist das Tor, von dem du sprachst?« »Der Wasserfall ist das Tor, wenn du durch ihn hindurchschwimmst, bist du da, wo ich herkomme. Aber denke daran Luisa, noch hast du Zeit. Du musst nicht heute gehen.« Die Katze sah das Mädchen abwartend an. »Es ist so schön«, murmelte Luisa leise, »und es ist, als hörte ich auf der anderen Seite glückliches Lachen. Und trotzdem, ich weiß nicht. Ich glaube, ich überlege es mir nochmal.« Die Katze nickte.

»Luisa? Komm Mädchen, mach die Augen auf«! Jemand gab ihr eine Spritze. Luisa jammerte ein bisschen, weil sie Spritzen hasste und auch, weil sie nicht wusste, warum sie wieder im Bett lag, wo sie doch eben noch, mit der Katze, beim Wasserfall gewesen war. Sie öffnete vorsichtig die Augen und blickte in das besorgte Gesicht des Kinderarztes. »Na, was machst du denn für Sachen?«, fragte dieser, doch Luisa sah sich, statt zu antworten, nur suchend um. Die Katze war verschwunden.

Am nächsten Abend war Luisa immer noch im Krankenhaus. Neben ihrem Bett stand ein Ständer, an dem ein durchsichtiger, mit einer Flüssigkeit gefüllter Beutel hing. Dieser war durch einem Schlauch mit einer Nadel verbunden, die in ihrem Arm steckte. Am Morgen hatten ihre Eltern sie, wie versprochen, besucht und ihre Mutter war in Tränen ausgebrochen, als Luisa von ihr hatte wissen wollen, ob diese sie wieder erkennen würde, wenn sie wegginge und irgendwann, in einem neuen Kleid, zurückkehre würde.

Nun lag sie wieder in der Dunkelheit und wartete auf die Katze. Sie wusste, dass diese kommen würde. Es gab noch so viel zu besprechen. Das Tier ließ sie nicht lange warten. »Hallo Luisa«, begrüßte es das Mädchen und machte einen Satz auf das Bett. »Du siehst aus, als hättest du noch einige Fragen.« Luisa nickte: »Ich bin sehr krank, nicht wahr? Wenn es nicht so wäre, wäre ich jetzt wieder zu Hause. Ich weiß es, auch wenn meine Mama gesagt hat, das alles wieder gut wird. Wird alles wieder gut?« »Am Ende wird immer alles wieder gut, das ist der Lauf der Dinge«, antwortete die Katze. »Dann werde ich wieder gesund?«, freute sich Luisa. »Du *bist* gesund«, sagte die Katze rätselhaft, »das einzige was krank ist, ist dein Körper. Die Menschen verwechseln immer

das Kleid, das sie in ihrem Leben tragen, mit sich selbst.«
»Was heißt das?«, fragte Luisa verwirrt, obwohl sie das Gefühl hatte, die Antwort bereits zu kennen. »Stell dir einmal vor, du sitzt in einem Auto. Du fährst dieses Auto Tag für Tag, Jahr für Jahr und eines Morgens springt es nicht mehr an. Bist du, nur weil das Auto kaputt ist, auch tot? Oder sagst du nicht eher: ›OK, wir hatten eine schöne Zeit zusammen, doch nun ist der Moment gekommen, auf die Suche nach einem neuen Auto zu gehen.‹? So ist es auch mit deinem Körper. Er ist das Kleid, welches du in diesem Leben trägst oder, wenn es dir lieber ist, das Auto, welches du in diesem Leben fährst. Nur weil der Motor stottert und ein Reifen geplatzt ist, heißt das noch lange nicht, dass auch du krank bist. Es heißt nur, dass es bald an der Zeit ist, ein neues Auto zu suchen.« Beide schwiegen einen Moment. »Also werde ich sterben«, stellte Luisa ruhig fest. »Hm«, machte die Katze, wenn du es so willst: Ja. Sterben ist das, was ihr dazu sagt. Umziehen, würde ich es nennen.« »Und du bist mein Schutzengel«, führte Luisa ihre Gedanken fort. Die Katze lächelte. Luisa streichelte ihr geistesabwesend über den Kopf. Wie einfach ihr diese beiden Feststellungen nun von den Lippen kamen. Noch gestern war sie nicht in der Lage gewesen, sie zu formulieren. »Wann ist es soweit?«, fragte sie das Tier.

»Bald«, war alles, was ihr Schutzengel antwortete.

Von Tag zu Tag wurde Luisa schwächer und blüht nur auf, wenn die Katze abends kam, um sie zu besuchen. Sie redeten und redeten und vieles, was ihr das Tier über das Leben auf der anderen Seite berichtete, hatte Luisa bereits am nächsten

Morgen vergessen. Trotzdem blieb immer ein Gefühl der Geborgenheit und der Liebe zurück.

Eines Abends, Luisas Eltern waren nur für einen Moment aus dem Zimmer gegangen, sprang die Katze nicht wie sonst auf Luisas Bett, sondern blieb vor der Türe stehen.

»Du hast mich gebeten, dir zur verraten, wie ich wirklich aussehe«, sagte sie, »der Moment dafür ist gekommen. Lass uns zum Wasserfall gehen und hinüber schwimmen, dann wirst du meine wahre Gestalt sehen.« Luisa nickte und stieg aus dem Bett. Verwundert stellte sie fest, dass die Nadel in ihrem Arm nicht mehr schmerzte und sie ohne Probleme laufen konnte. Sie folgte dem Tier bis zu der Lichtung mit dem Wasserfall. »Wird es wehtun?«, fragte sie die Katze. Diese schüttelte den Kopf: »Im ersten Moment ist es ein bisschen kalt, so wie immer, wenn man nachts ins Wasser springt, das ist alles. Was meinst du, wollen wir zusammen springen?« Luisa nickte, und das Mädchen und die Katze sprangen in den kleinen Teich. Es war kalt, aber gleichzeitig auch angenehm, und während sie durch den Wasserfall schwammen, sah Luisa die wahre Gestalt der Katze.

Die Katze

Nicole Fünfstück

El Molinar/Mallorca

Geboren am 5.1.1966 in Kassel, jedoch in Wolfsburg aufgewachsen, wo sie auch ihr Abitur und ihre Ausbildung zur Industriekauffrau abgeschlossen hat.

Bereits mit 12 Jahren schrieb sie ihren ersten »Roman« und präsentierte ihn stolz in einem DIN A5-Heft, ihren Eltern. Nach Beendigung ihrer Fantasy-Triologie »Auf der Suche nach den magischen Kettengliedern«, dessen erster Band: »Ankunft in Scroli« zur Frankfurter Buchmesse 2002, im FOUQUÉ-Literaturverlag erschienen ist, plante sie u. a. sich an das Thema Sience Fiction zu wagen und einen Gedichtband herauszugeben. Eines ihrer Gedichte »Weihnachtszeit« ist bereits, bei der Frankfurter Bibliothek, im Jahrbuch für das neue Gedicht 2003 erschienen.

Nicole Fünfstück hat für Ihre Romane und Kurzgeschichten das Genre Fantasy gewählt, weil sie ihren Lesern gerne etwas, gut verpackt, vermitteln möchte. Eine Tür aufstoßen, die vielleicht nur angelehnt ist und verschlossen bliebe, würde man direkt dagegen klopfen.

Felix geht auf
Entdeckungsreise

Felix nahm seinen Kopf unter den Flügeln hervor und blinzelte verschlafen. Warum war er mitten am Tag aufgewacht? Irgend etwas hatte ihn aus seinem Traum geholt, in dem ihn Alma, die große Eule, verfolgte.

Sonnenstrahlen fielen auf den staubigen, dunklen Dachboden des alten Bauernhauses, wo der kleine Fledermausjunge mit seiner Familie lebte. Die ungewohnte Helligkeit blendete ihn.

Gähnend reckte und streckte sich Felix, während er erst nach rechts und dann nach links schaute. Vielleicht hatten die anderen auch etwas gehört und waren wach?

Offensichtlich war das nicht der Fall. Alle schliefen, nach Fledermausart mit dem Kopf nach unten an den Dachbalken hängend, wie es sich für Fledermäuse tagsüber gehörte. Erst in der Dämmerung machten sie sich auf den Weg, um in der Umgebung Futter für das Abendessen zu suchen.

60

Was hatte ihn nur geweckt? Felix steckte den Kopf wieder unter die Flügel und schloss die Augen, aber er konnte nicht mehr einschlafen.

Leise, um Mama und Papa nicht zu wecken, entfaltete er seine Flügel und löste die Krallenfüßchen vom Balken, an den er sich zum Schlafen geklammert hatte. Schwungvoll flog er hinüber auf einen alten Schrank, der eingestaubt und vergessen in der Ecke stand.

Von hier aus sah er sich um, entdeckte aber nichts, was ihn gestört haben könnte. Dabei entging seinen spitzen Ohren eigentlich kein noch so leises Geräusch. Vielleicht hatte er wirklich nur geträumt.

Die Sonne stand hoch am Himmel und bis die anderen aufwachen würden, vergingen noch viele Stunden. Was sollte er bis dahin anfangen?

Nun knurrte auch noch sein Magen! Wenn er es recht überlegte, hatte er Appetit auf leckeres Obst von der Wiese vor dem Haus. Vielleicht könnte er hinausfliegen, um etwas davon zu essen, wenn er unterwegs ganz vorsichtig war.

Was sollte ihm schon geschehen? Er konnte gut auf sich aufpassen, schließlich war er kein Baby mehr! Bald kam er in die Fledermausschule, dort passte Mama auch nicht mehr auf ihn auf.

Ein bisschen mulmig war ihm trotzdem bei dem Gedanken. Noch nie war er allein unterwegs gewesen, sondern immer zusammen mit der Familie. Andererseits war er neugierig. Zu gern wollte Felix wissen, wie die Welt, die er bisher nur im Dunkeln kannte, am Tage aussah.

Er rückte näher an das Astloch in der Bretterwand, durch das Familie Fledermaus zu ihren nächtlichen Ausflügen startete. Langsam schob er seinen Kopf vor und linste hinaus. Huh, das war aber wirklich hell! Er zuckte zurück und kniff die Augen zusammen.

Sein Herzchen klopfte schnell. Sollte er sich wirklich trauen?

Natürlich wollte Felix kein Feigling sein. Seine Geschwister bekamen sicher große Augen, wenn er ihnen von seinem Abenteuer erzählte! Ohne weiter nachzudenken, glitt er hinaus in die Welt.

Der kleine Ausreißer flog hinweg über den Hof, auf dem Minni, die getigerte Katze und Josef, der alte graue Wachhund, in der Mittagswärme dösten.

Auf dem Misthaufen stolzierte der Hahn umher, seine schwarzen Federn glänzten in der Sonne. Er legte den Kopf in den Nacken und wollte lauthals krähend verkünden: »Ich bin der Schönste!«

Die Worte blieben ihm in der Kehle stecken, als er über sich eine Fledermaus dahinsegeln sah. Aus seinem schönen Hahnenschrei wurde ein jämmerliches Wimmern.

Seine Hühnerfrauen scharrten gackernd im Sand nach Würmern. Erstaunt sahen sie zu ihrem Hahn auf, was war denn mit dem los? Als sie ihn blöde in den Himmel glotzen sahen, schüttelten sie den Kopf und sagten: »Der wird langsam alt!«, und kratzten weiter.

Felix landete sanft auf der Hundehütte, legte die Flügel wie einen Mantel eng um den Körper und tat keinen Muckser. Er wollte nur ausruhen und sich dabei ein wenig umschauen, ohne selbst gesehen zu werden.

Josef bemerkte den ungewöhnlichen Besucher nicht. Minni jedoch sprang mit einem Satz, fauchend und die Krallen ausgefahren, in die Höhe. Sie hatte Felix entdeckt!

»Was ist denn los?«, knurrte Josef und öffnete ein Auge, »warum kreischt du so? Bist du verrückt geworden?«

»Siehst du denn nicht die Fledermaus auf deiner Hütte?«

»Fledermaus – am Tag! Du träumst wohl?« Er legte den Kopf wieder auf die Pfoten und schloss die Augen.

Minni stupste ihn an: »Guck doch selbst! Da sitzt eine kleine Fledermaus auf deiner Hütte und die wird mein Mittagessen!« Sie leckte sich die Lippen, ihre Schnurrhaare zitterten aufgeregt. Das war eine leichte Beute!

Felix verschlug es vor Schreck die Sprache.

Minni kannte er, nachts war er ihr oft begegnet, wenn sie ihre Streifzüge unternahm. Allerdings befand er sich dann in sicherer Entfernung, inmitten seiner Familie. Jetzt stand er ihr schutzlos und allein gegenüber. Das Funkeln in ihren grünen Augen verhieß nichts Gutes.

Seufzend erhob sich der alte Hund und setzte sich vor Schreck gleich wieder auf seinen Po. Er rieb sich die Augen, aber das Bild blieb. Da hockte tatsächlich ein Fledermauskind auf dem Dach seiner Hütte und zitterte vor Furcht am ganzen Körper!

»Minni, nun warte mal, bevor du den Winzling verspeist, an dem ist doch sowieso nichts dran. Sag mal Kleiner, wo kommst du denn her?«

Gelähmt vor Angst schaute Felix entsetzt auf die Katze, die ihn ihrerseits nicht aus den Augen ließ.

»Na, mein Junge, was ist? Minni, nun starr ihn nicht so an! Was willst du mit dieser halben Portion? Das lohnt doch nicht!« Langsam schob sich Josef zwischen Minni und seine Hütte.

»Vielleicht hast du Recht, viel ist an ihm wirklich nicht dran. Aber eine Erklärung ist er uns schuldig! Nun sag schon, was machst du hier am hellen Tag und ganz allein?«

Die Gefahr Minnis Mittagessen zu werden, schien erst einmal vorbei zu sein. Felix nahm seinen ganzen Mut zusammen und piepste: »Irgendwas hat mich geweckt und dann hab ich gemerkt, dass ich Hunger habe und dann ...«

»Und dann hast du gedacht, mal gucken, was da draußen los ist, was?« Josef schüttelte verständnislos den Kopf.

»Weißt du denn nicht, wie gefährlich es für dich ist, einfach so umherzufliegen? Wenn Minni nun einen schlechten Tag hätte, was dann, hm?«

Betrübt ließ Felix den Kopf hängen, wandte sich um und wollte fortfliegen. Der alte Hund hatte Recht, zu Hause war er besser aufgehoben. Schade, der Ausflug war schon vorbei, schneller als er gedacht hatte!

»Nun bleib doch, Kleiner«, sagte Josef, »wenn du schon wach bist, schau dich ruhig ein bisschen um. Minni und ich leisten dir Gesellschaft und passen etwas auf dich auf!«

Felix musste nicht lange überlegen, begeistert sauste er los, dachte gar nicht mehr daran, dass er eigentlich Hunger hatte.

»Warte doch, wir wissen ja nicht einmal deinen Namen«, rief Minni.

Felix drehte sich auf den Rücken und schwebte über den Köpfen seiner neuen Freunde. Übermütig rief er ihnen zu: »Ich bin Felix, du heißt Minni und du Josef. Können wir jetzt endlich losfliegen?«

»Vielleicht denkst du daran, dass wir beide nicht fliegen können?«, knurrte Josef, »also bleib in unserer Nähe!«

Felix sagte aufgeregt nur: »Ja, ja«, und flog hinein in den blauen Sommerhimmel.

Wie herrlich sah die Welt im Sonnenschein aus, diese vielen Farben! Er hatte keine Ahnung gehabt, dass die Natur derart bunt war. Blumen leuchteten um die Wette und lockten die Bienen an, die zufrieden vor sich hinsummten. Über allem lag ein süßer, frischer Duft, einfach herrlich!

Im Geäst einer Eiche hockte eine Schar Spatzen und stritt sich laut schimpfend um ein Stück Brot. Verdutzt hielten sie inne, als sie die kleine Fledermaus, laut lachend vor Glück, durch die Luft taumeln sahen.

Hinter dem Bauernhof begann der große Wald, den Felix von seinen nächtlichen Ausflügen kannte. Aber im hellen Tageslicht wirkte eben alles anders, viel schöner. Das Sonnenlicht fiel durch das grüne Blätterdach und malte lustige Schattenbilder.

Er war froh, dass er sich nicht vor der alten Eule in Acht nehmen musste, die nachts in ihrem hohlen Baum auf Beute lauerte. Sie schlief ebenfalls am Tage und war nun keine Gefahr für ihn.

Neugierig ließ sich Felix auf einem Stein am Rande eines plätschernden Bächleins nieder und rief ausgelassen: »Josef, Minni, ihr beide seid langsam wie die Schnecken. Wo bleibt ihr denn?«

Er legte sich auf den Bauch. Interessiert beobachtete er sein Spiegelbild, das komisch hin und her wackelte, während das Wasser munter den Bach hinunterfloss.

In der Ferne hörte er seine Freunde rufen, aber er achtete nicht darauf. Diese Entdeckungsreise war so spannend, um nichts auf der Welt wollte er etwas verpassen. Wer weiß, wann er wieder die Gelegenheit dazu hatte!

Vorsichtig streckte er eine Pfote in das klare Wasser und schüttelte sich. Igitt, war das kalt!

Am Grunde des Bächleins lagen große braune Steine und Wasserpflanzen schwebten wie grüne Schleier in der Strömung. Zwischen den Schleiern bewegte sich etwas silbrig Glitzerndes. Entzückt stellte er fest, dass sich dort unten Fische tummelten.

Felix beugte sich weiter vor und weiter und ... platsch! fiel er kopfüber in den kalten Bach. Klatschend schlug das Wasser über ihm zusammen, er strampelte mit Armen und Beinen und versuchte verzweifelt, sich irgendwo festzuhalten. Bald wusste er nicht mehr, wo oben und wo unten war.

Die silbernen Fische kamen immer näher. Sie öffneten und schlossen ihre Mäuler und stupsten ihn mit ihren dicken Lippen an. Der kleinen Fledermaus wurde Angst und Bange. Wollten sie ihn fressen? Felix wusste nicht, ob Fledermäuse bei Fischen auf der Speisekarte standen, er wollte es auch nicht herausfinden.

Langsam ging ihm die Luft aus, ihm wurde merkwürdig leicht im Kopf. Da packte ihn etwas am Nackenfell und hob ihn aus dem Wasser.

Im hohen Bogen flog Felix in das weiche Gras am Ufer des Bächleins. Benommen blieb er liegen und versuchte, zu Atem zu kommen, sein Herzchen klopfte rasend schnell.

Endlich beruhigte er sich, öffnete die Augen und sah Minni und Josef, die sich mit besorgten Gesichtern über ihn beugten.

»Na, das ist gerade noch einmal gut gegangen, was?«, sagte der Hofhund streng und schüttelte seine nasse Pfote.

»Minni hat sich geweigert, dich aus dem Bach zu fischen, wasserscheu, wie sie ist. Kannst froh sein, dass ich dabei war!«

»Danke, Josef! Ich dachte, die Fische wollten mich fressen«, flüsterte der Unglücksrabe, den Tränen nahe.

»Da hättest du selber Schuld gehabt, wie kann man nur so unvorsichtig sein! Hattest du vergessen, dass Fledermäuse nicht schwimmen können?«, schimpfte Josef weiter.

Felix schämte sich für seine Dummheit: »Ich glaube, für heute reicht es mir. Ich fliege lieber nach Hause, bevor meine Eltern aufwachen, sonst gibt es ein Donnerwetter. Aber vielleicht können wir ein andermal wieder etwas zusammen machen?«

»Na, mal sehen! Jetzt mach aber, dass du heimkommst!«, brummte Josef.

Minni zischte: »Vielleicht fällst du nächstes Mal nicht in den Bach. Mein Gott, ist mir diese Aufregung auf den Magen geschlagen. Ich werde mal nachsehen, ob mir die Bäuerin Milch hingestellt hat. Die könnte ich jetzt vertragen. Also, mach's gut, kleine Fledermaus!«

Ein wenig ärgerte sie sich über Josef, der sie wasserscheu genannt hatte. Das würde sie ihm noch heimzahlen.

Felix aber flog geradewegs auf den warmen, dunklen Dachboden, steckte den Kopf unter die Flügel und schlief sofort ein.

Felix geht auf Entdeckungsreise

Angelika Haymann

22851 Norderstedt

Am 21.9.1953 wurde Angelika Haymann in einem kleinen Dorf in Schleswig-Holstein geboren und wohnt mit ihrem Lebensgefährten in Norderstedt bei Hamburg. Dort ist sie als kaufmännische Angestellte tätig.

Sie hat zwei erwachsene Töchter und zwei Enkelkinder. Vorwiegend schreibt sie Kurzgeschichten für Kinder, Märchen und Gedichte.

Im vergangenen Jahr wurde eines ihrer Gedichte nach einem Wettbewerb der Nationalbibliothek des deutschsprachigen Gedichts veröffentlicht.

Die Geschichte von Felix hat sie ursprünglich für ihre fünfjährige Enkelin geschrieben.

Maxi

Maxi war ein Tausendsassa. Ein verrücktes Huhn, könnte man sagen. Wenn Maxi ein Huhn gewesen wäre. Doch Maxi war ein gelber, runder und knuddeliger Wellensittich.

Die Geschichte begann, wie solche Geschichten meist beginnen: Ein Kind wünscht sich einen Spielgefährten. Ein Tier. In diesem Falle war es Marco, unser neunjähriger Sohn, der tagelang quengelnd ein solches reklamierte.

Schließlich setzte sich der Familienrat – Sylvie, meine bessere Hälfte, Marco und ich – zusammen, um zu beraten, welche Art Tier denn in Frage kommen würde.

»Ein Hund«, schlug Marco vor.

»Geht nicht«, bedauerte ich, »wir wohnen mitten in der Stadt. Mama und ich arbeiten den ganzen Tag ...«

»Und du bist meistens bis drei in der Schule«, fiel Sylvie ein, »wer soll sich da um das Tier kümmern? Nein, Marco, das geht leider nicht!«

»Dann eine Katze«, startete Marco den nächsten Versuch.

»Kommt nicht in Frage!«, protestierte Sylvie, »denkt bitte an meine Katzenhaarallergie!«

Marco verdrehte die Augen.

Blieben noch Kaninchen und Meerschweinchen. Oder Hamster. Sylvie und ich rümpften gleichzeitig die Nase.

»Riechen die nicht etwas streng?«, fragten wir.

»Dann halt ein Vogel«, seufzte Marco und zuckte mit den Schultern.

»Kanarienvogel«, schlug Sylvie vor.

»Nein, Wellensittich«, insistierte Marco, »so einen, wie Manuela hat.« Manuela war Marcos große Liebe. Aber davon ahnte Manuela nichts.

Wir einigten uns auf einen Wellensittich und trugen Marco auf, sich bei Manuela zu erkundigen, was man beachten müsse, wenn man einen solchen kaufen will.

Zwei Tage später kam er mit einem Stapel Bücher aus der Schule nach Hause. Manuelas geballtes Wissen über Wellensittiche. Mein Gott, dachte ich, so viel Literatur über so wenig Vogel? Das kann ja heiter werden.

Am Wochenende nahm ich mir Zeit. Las, wie man Männchen von Weibchen unterscheidet; wie man erkennt, ob ein Vogel jung oder älter, krank oder gesund ist; erfuhr, dass es ungemein spannend sei, die Vögel bei ihrem sozialen Verhalten zu beobachten und, dass jedes Tier seine eigene Persönlichkeit habe: schüchtern, neugierig, frech, verspielt und so weiter. Bis Sonntagabend hatte ich mich von ›Artgerechter Haltung‹ bis ›Züchtung‹ durchgeackert und fühlte mich nun der Vergrößerung unserer Familie gewachsen.

Montagnachmittag fuhren wir zur Zoohandlung. Marco, mit vor Aufregung glühendem Gesicht, konnte es nicht abwarten und rannte zu den Käfigen.

»Den da«, rief er, als Sylvie und ich ebenfalls dort angekommen waren und zeigte auf einen großen grünen, »den möchte ich haben!«

»Ein hübsches Tier!«, nickte der Verkäufer, der uns gefolgt war und wollte schon den Käfig öffnen. »Besser nicht, Marco«, belehrte ich ihn, »schau, er ist schon größer und seine Wellen beginnen erst am Hinterkopf. Der ist bestimmt nicht mehr der Jüngste.« Stolz über mein neu erworbenes Expertenwissen, ließ ich den Verkäufer merken, dass er uns keinen alten Vogel andrehen konnte.

Ein blauer, den er uns zeigte, war mir nicht aktiv genug, ein anderer hockte apathisch und aufgeplustert zwischen seinen Artgenossen und ein dritter sah aus, als habe er bereits ein paar Kämpfe hinter sich.

Enttäuscht wollten wir schon gehen, als Sylvie ihn entdeckte: da saß er auf seiner Stange, ein possierlicher, lebhafter, gelber kleiner Wuschel und schaute uns neugierig aus seinen großen schwarzen Knopfaugen an. Hüpfte auf den Käfigboden, kletterte behände an den Stäben empor, steckte seinen Schnabel durch's Gitter und zwitscherte drauflos, dass es eine wahre Pracht war. Dann hielt er inne, legte sein Köpfchen schief und schaute uns fragend an.

Marco war Feuer und Flamme. »Den nehmen wir!«, rief er strahlend, steckte seinen Zeigefinger durch den Käfig und kraulte seinen neuen Freund am Hals. Der schloss wohlig die Augen und ließ es gern geschehen. So begann eine innige, aber leider nur allzu kurze Freundschaft.

Ursprünglich hatten wir ein Pärchen anschaffen wollen, doch da uns die übrigen Wellensittiche nicht lebhaft genug waren, nahmen wir nur diesen einen, erstanden aber gleich einen großen Käfig, da wir den zweiten bald dazu zu kaufen gedachten.

Schon auf der Heimfahrt begann die Namensfindung für unser neues Familienmitglied. »Mini«, schlug Sylvie vor, »er ist doch noch so winzig klein.«

»Maxi«, meinte Marco, »wenn er schon klein ist, dann muss er wenigstens groß klingen.«

Dieser Logik war nichts entgegenzusetzen und so willigten wir ein. Auch Maxi schien mit seinem Namen zufrieden und stimmte sogleich ein lautstarkes Konzert an.

Selbstverständlich hatte Maxi Anspruch auf einen Ehrenplatz neben Marcos Bett. Auf einem Ständer, mit freiem Blick auf einen zwar kleinen, aber gut begrünten Großstadtgarten, in dem sich viele einheimische Vögel tummelten.

Es war Frühling und von draußen konnte man das aufgeregte Gezwitscher der Amseln, Spatzen und Meisen hören, die Nester bauten oder um die Gunst ihrer Weibchen balzten. Maxi schien fasziniert von dem, was sich da vor seinen Augen abspielte und man konnte sehen, wie es in seinem kleinen Köpfchen arbeitete.

Dann, an einem Sonntagmorgen, kam Marco aufgeregt in unser Schlafzimmer gerannt.

»Schnell«, rief er und zog uns die Decke weg, »das müsst ihr euch ansehen. Maxi ist echt übergeschnappt!«

Schlimmes befürchtend eilten wir ihm nach. Doch als wir sahen, was er meinte, mussten wir herzlich lachen: Wir kamen gerade dazu, als Maxi sich wie ein nasser Sack von seiner Stange fallen ließ und dabei zu fliegen versuchte. Platsch! Er landete auf dem Käfigboden. Kaum dort, erklomm er flink die Gitterstäbe, hangelte sich auf die Stange und ließ sich erneut auf den Boden fallen. Wieder kletterte er hoch, wieder ließ er sich fallen. Platsch! Unermüdlich. Ohne Pause. Wie verbissen. Man konnte ihm den Ehrgeiz regelrecht ansehen. Wollte er es denen da draußen gleichtun?

Um zwölf Uhr hatte das Phänomen ein Ende. Erschöpft und breit wie eine fette brütende Henne lag Maxi auf dem Käfigboden, die Flügel ausgebreitet. Verharrte eine Stunde, stärkte sich, putzte sich und berichtete dann fröhlich zwitschernd seinen Gattungsgenossen draußen und uns drinnen von seinen Fortschritten.

So ging es eine ganze Woche. Kaum war Marco zur Schule aufgebrochen, begann Maxi seine Übungen. Streckte den rechten Flügel und das rechte Beinchen von sich; dann den linken Flügel und das linke Beinchen; gähnte ausgiebig ... und setzte zum ersten Sprung an.

Platsch! – Und wieder rauf auf die Stange. Platsch! – Und rauf auf die Stange. Platsch! Stundenlang. Bis er Punkt zwölf, erschöpft, aber sichtbar glücklich, auf dem Käfigboden alle Viere von sich streckte.

Sylvie, als auch ich arbeiten zu Hause. Daher konnten wir Maxis Anstrengungen, fliegen zu lernen, täglich verfolgen und wir amüsierten uns köstlich über seine geradezu preußische Pünktlichkeit, mit der er Schlag zwölf Uhr seine Übungen einstellte und für eine Stunde Siesta hielt.

Doch kaum sah er Marco nachmittags sein Zimmer betreten, hängte er sich an die Käfigstäbe und zwitscherte aufgeregt und so lange, bis der ihm endlich den Hals kraulte. Dann legte er sein Köpfchen schief und schloss vor Wonne die Augen.

Wir nahmen uns vor, Maxi so oft wie möglich frei fliegen zu lassen. Also ließen wir am nächsten Sonntag die Käfigtür offen und warteten gespannt auf seine Reaktion.

Maxi stutzte, hüpfte auf die Türöffnung, legte den Kopf schief und schaute uns fragend an. Dann streckte er vorsichtig ein Beinchen vor, dehnte seine Flügel, schaute uns noch einmal an, und ließ sich im nächsten Moment fallen. Mit wildem Flügelschlag und unter lautem geck-geck geck-geck sauste er nach unten, fing sich knapp über dem Fußboden ab – und schwebte in elegantem Bogen auf Marcos Schulter.

Wie Beifall für seinen gelungenen Jungfernflug heischend, zwitscherte er uns aufgeregt an und startete gleich einen Erkundungsflug quer durch Marcos Zimmer.

»Maxi, komm! Komm her!«, lockte ihn Marco mit ausgestrecktem Finger, und auch diese Landung gelang ihm auf Anhieb.

Von Stund an war Maxi nicht mehr zu bremsen. Wie ein Verrückter sauste er von einer Ecke des Zimmers in die andere, parkte auf dem Fenstergriff und schimpfte oder flirtete nach draußen, je nachdem, ob er gerade eine Amsel oder eine bunte Meise sah.

Wenn dann aber Marco aus der Schule kam, geriet er vollends aus dem Häuschen. Flog auf seine Schulter, zupfte wie wild an seinen Haaren, sprang auf seinen Kopf und verkündete laut zwitschernd und unter heftigem Kopfnicken in alle Welt, dass dies hier sein Freund sei.

Machte Marco Hausaufgaben, saß Maxi auf dessen Schulter, sah ihm zu oder knabberte an seinen Ohrläppchen. Hüpfte schließlich auf sein Heft, wenn er der Ansicht war, dass Marco nun genug gelernt habe. Dann tobten sie durch die Wohnung oder saßen ruhig in einer Ecke, Maxi auf Marcos Hand, und unterhielten sich, man kann es nicht anders nennen, über ›Gott und die Welt‹.

Nun war es allerhöchste Zeit, einen Artgenossen als Kameraden für Maxi zu kaufen. Wir fanden einen ziemlich aufgeweckten, blauen, aber schon etwas älteren und nicht ganz so quirligen. Allerdings konnte er bereits fliegen. Wir nannten ihn Kookie, denn seine Stimme glich eher dem Gekrächze jenes Protagonisten aus der 60er-Jahre-Serie 77 Sunset Strip, als der eines Vogels.

Kookie war ebenfalls ein allerliebstes Kerlchen, fröhlich, verschmust und ernsthaft bemüht, die Aufmerksamkeit und Zuneigung von Maxi zu erringen. Nur, der wollte absolut nichts von ihm wissen. Wollte Kookie schmusen, flog Maxi unter Protestgekreische auf die Gardinenstange, schimpfte von dort wie ein Rohrspatz und schoss dann einige Male quer durch den Raum. So ging es ein paar Tage.

Dann, eines Vormittags, kam Sylvie aufgeregt in mein Arbeitszimmer.»Komm schnell«, rief sie,»du glaubst es nicht! Das musst du gesehen haben!«

Ich eilte ihr nach in Marcos Zimmer. Da saßen sie, Maxi und Kookie, einvernehmlich im Käfig und schnäbelten miteinander. Dann begann Maxi Kookies Gefieder zu putzen. Dazwischen kamen immer wieder gurrend geflüsterte Laute aus seiner Kehle. Kookie aber hatte die Augen geschlossen und genoss voll Wonne den Liebesdienst seines Kameraden.

»Schau«, sagte Sylvie und deutete auf Maxis Hals, der auf der linken Seite zwei blutige Hackwunden aufwies,»damit hat sich Kookie Respekt verschafft.« Dabei grinste sie mich anzüglich von der Seite an.»Maxi ist doch ein Männchen und Kookie ein Weibchen, oder?«, feixte sie.

Von da an waren die beiden unzertrennlich. Ich weiß nicht, was sie sich alles zu erzählen hatten, doch sie saßen stundenlang auf der Gardinenstange beisammen und zwitscherten angeregt oder gurrten zärtlich. Wie ein altes Ehepaar.

Eines Tages kam Marco ganz aufgelöst in mein Arbeitszimmer gestürzt.»Maxi ist weg!«, heulte er,»du musst mir helfen, Papa! Bitte, komm schnell!«

»Wie ist das passiert?«, rief ich, als ich hinter ihm her in sein Zimmer eilte. Sylvie kam ebenfalls.

»Ich hab das Fenster geöffnet«, schluchzte Marco,»und vergessen, vorher den Käfig zuzumachen!«

»Hast du gesehen, wohin er geflogen ist?«, wollte Sylvie wissen und versuchte Kookie einzufangen. Der saß auf dem Käfigdach, verzehrte sich nach seinem Kameraden und schrie sich fast die kleine Lunge aus dem Leib. Flog aber, obwohl das Fenster noch immer offen stand, nicht weg.

»Ja, hab ich!«, jammerte Marco, »er sitzt da drüben auf dem Baum. Dort.« Damit zeigte er auf die große Kiefer, die in ein paar Metern Entfernung vom Fenster stand.

Sylvie sah ihn zuerst. »Ah, ja. Da oben!«

Ich kniff die Augen zusammen, dann fand ich ihn ebenfalls. Ein winziger gelber, fröhlich zwitschernder Punkt im dunklen Grün der Kiefer.

Wir berieten, was zu tun sei. Kookie saß indessen im Käfig. Um Maxis Aufmerksamkeit auf ihn zu lenken, hielten wir den Käfig aus dem Fenster. Wir riefen und lockten, aber Maxi unterhielt sich weiterhin angeregt mit seinen Gattungsgenossen und ließ uns achtlos links liegen. Was wir auch unternahmen, Maxi war nicht zu bewegen, an den heimischen Futternapf zurückzukehren.

Marcos Verzweiflung wuchs und im Duett mit Kookie trauerte er um seinen kleinen Freund, in der Annahme, ihn für immer verloren zu haben.

Sylvie hatte schließlich die rettende Idee: Mit dem Käfig in der Hand ging sie auf den zum Garten gelegenen Balkon, der fast bis an die äußeren Äste der Kiefer heranreichte, stieg auf einen Stuhl und hielt den Käfig hoch, sodass sich dieser nunmehr fast auf gleicher Höhe mit Maxi befand. Der sah herüber, erkannte seinen Käfig mit dem besorgt nach ihm rufenden Kookie darin, und setzte endlich, endlich, nach einem letzten Zögern zum Heimflug an.

Uns allen fiel ein schwerer Stein vom Herzen.

Sylvie hatte in jener Zeit des Öfteren heftige Migräne. Waren die Schmerzen wieder einmal nicht mehr auszuhalten, legte sie sich mit einem starken Medikament in Marcos Bett, da sein Zimmer das mit Abstand ruhigste der Wohnung war.

Nun sind Wellensittiche ja nicht gerade leise Zeitgenossen und ihr Gezwitscher kann ganz schön durchdringend sein. Doch als sich Sylvie das erste Mal mit Kopfschmerzen auf Marcos Bett legte und ich den Käfig nahm, um ihn in ein anderes Zimmer zu bringen, waren sie auf der Stelle mucksmäuschenstill. Und blieben es, bis Sylvie nach etwas über zwei Stunden das Zimmer wieder verlassen hatte.

Es blieb uns stets unerklärlich, wodurch zwei sonst so lebhafte Vögel veranlasst wurden, immer dann, wenn sich Sylvie mit Schmerzen auf Marcos Bett legte, sofort mit ihrem Gezwitscher aufzuhören und sich für die Dauer ihrer Anwesenheit im Zimmer absolut ruhig zu verhalten.

Eines Tages dann geschah die Katastrophe. Minutenlang schon hatte ich Marco Maxis Namen rufen hören, immer lauter, immer ängstlicher. Dann, total aufgelöst, platzte er in mein Zimmer: »Maxi ist weg!«, rief er, »Papa, Maxi ist verschwunden!«, und fiel mir heulend in den Arm.

»Hast du wieder ...«, begann ich, aber er unterbrach mich: »Nein, Papa, diesmal habe ich kein Fenster offen gelassen, und die Tür auch nicht. Hab schon alles abgesucht, er muss noch im Zimmer sein!«

»Dann lass uns gemeinsam suchen«, schlug ich vor und wir gingen hinüber in sein Zimmer.

Kookie flatterte wie wild im Käfig umher und rief voll Angst nach seinem Kameraden. Seine offensichtliche Panik ließ nichts Gutes ahnen. Zu dritt suchten wir Marcos Zimmer, den Flur und auch die übrige Wohnung ab. Ließen keinen Winkel aus, schauten hinter jeden Schrank, verschoben Möbel und öffneten sogar die Schubladen.

Nichts! Maxi war weg! Maxi blieb weg. Und tauchte auch in den nächsten Tagen nicht mehr auf.

Kookie hockte apathisch im Käfig, verweigerte jede Nahrung und hatte die Augen halb geschlossen. So saß er drei Tage unbeweglich auf der Stange. Am vierten lag er morgens tot auf dem Käfigboden.

Marco, durch das Verschwinden von Maxi ohnehin stark angeschlagen, bekam einen Heulkrampf und war zwei Tage nicht in der Lage, zur Schule zu gehen. Sylvie, selbst in Tränen aufgelöst, versuchte ihn zu trösten. Und auch mir wollte an diesem Tage partout nichts gelingen, also setzte ich mich zu den beiden und versuchte meinerseits, Trost zu spenden.

Eine Woche später dann, beim großen Reinemachen, wurde Maxi gefunden. Er war kopfüber in den tönernen Verdunster am Heizkörper in Marcos Zimmer gefallen. Hatte wohl im Wasser sein Spiegelbild gesehen und wissen wollen, was es damit auf sich habe. So war ihm letzten Endes seine aufgeweckte Neugier zum Verhängnis geworden.

Aber davon erzählten wir Marco nichts.

Maxi

Attila Jo Ebersbach

34127 Kassel

attila.e@t-online.de

Geboren am 17. Februar 1943 in Görlitz, verheiratet.

Nach dem Abitur Studium in Grafik/ Malerei und Architektur. Berufstätigkeit: 1 Jahr als Berufsmusiker, 14 Jahre als Architekt und freier Architekt. Anschließend 22 Jahre tätig als Werbegrafiker/Werbetexter und PR-Berater, davon 10 Jahre in einer eigenen Werbeagentur.

Seit 15.8.2002 im (Un-)Ruhestand

Bei dieser Geschichte handelt es sich um eine wahre Begebenheit.

Oskar, die kleine Zeitungsmaus gibt es doch!

Der 10-jährige Christian liest für sein Leben gern. Eines Abends, als er seiner Mutter die Geschichte »Oskar, die kleine Zeitungsmaus« vorlas, fragte er: »Du, Mama, gibt es Oskar wirklich?«

Diese lächelt nur und meint: »Aber nein, Chrisi! Oskar existiert nur in deiner Phantasie. Aber in deinen Träumen kannst du die Maus manchmal sehen!« Sie nimmt ihrem Jungen das Buch weg und deckt ihn zu. Jedoch kann er nicht einschlafen. Er muss immerzu an Oskar denken.

Auf einmal sieht der Junge, er weiß nicht, ob er wach ist oder träumt, wie sich das Buch öffnet. Einen Augenblick lang denkt Christian zu sehen, wie Oskar aus ihm herausspringt und sich zu ihm aufs Bett legt. Der Junge reibt sich die Augen. Nein, es ist kein Traum! Er rennt zu seiner Mutter: »Mama, Oskar gibt es wirklich! Er sprang aus meinem Buch heraus und liegt jetzt auf meinem Bett.«

»Aber Chrisi, ich habe dir doch vorhin versucht zu erklären, dass die kleine Zeitungsmaus nur in deinen Träumen und Gedanken lebt. Gehe jetzt wieder ins Bett und wenn du glaubst Oskar noch einmal zu sehen, dann fange ihn in diesem kleinen Käfig ein.« Die Mutter gibt ihrem Sohn einen silbernen Hamsterkäfig. »Dann lässt sich morgen früh bestimmt feststellen, ob es das Tier wirklich gibt, oder ob du nur mit offenen Augen geträumt hast. Und nun versuch zu schlafen, Gute Nacht!«

Christian nimmt den Käfig und stellt ihn neben sein Bett. Als Köder legte er ein Stück Käse hinein. »Die wird schon sehen, dass ich nicht geträumt habe und es die Zeitungsmaus gibt!«, denkt er bei sich.

Jedoch, als der Junge am nächsten Morgen aufwacht, sieht er nur, dass der Käse weg ist. Aber die Maus hat er nicht erwischt. Nun kommt auch die Mutter ins Zimmer und stellt fest: »Na, der erste Fang ist ja wohl danebengegangen. Oder es kann sein, dass Oskar wirklich nur in deinem Kopf existiert?«

»Aber Mama, der Käse ist doch weg! Das bedeutet, dass er schon hier gewesen sein muss!«, versichert Christian.

»Naja, ich glaube eher, dass da eine andere Maus namens Christian im Spiel gewesen ist. Oder?« Die Mutter lässt nicht locker. Schließlich verlässt sie kopfschüttelnd den Raum.

»Ich werde auf Mäuseentdeckungssuche gehen«, beschließt Christian vor dem Zubett gehen, »und wenn ich Oskar dann gefunden habe, muss Mama mir einfach glauben« Er kramt eine alte, verstaubte, jedoch mit funktionierenden Batterien versehene Taschenlampe unter seinem Bett hervor. Mit dem Käfig und der Taschenlampe bewaffnet, kriecht der

Bub im Zimmer herum. Da hört er etwas rascheln und dreht sich erschrocken um. Doch das war nur er selber, da er gerade auf ein Bonbonpapier getreten ist. Auf einmal vernimmt der Junge ein Knabbern unter seinem Bett. Durch den grellen Schein der Taschenlampe erschreckt, sieht er ein kleines Näschen, das sich aber wieder schnell zurückzieht. Plötzlich hört er ein neues Geräusch. Es hört sich an, als sei gerade jemand auf den Tisch gesprungen. Die Fensterscheibe hinter ihm beginnt zu klirren und Christian späht über die Tischkante. Nun ratet mal, wer da auf dem Tisch sitzt und an den Blumen schnuppert? Es ist eine kleine Maus bzw. eine kleine Zeitungsmaus, denn ihr Fell hat die Maserung einer Zeitung. Wie in dem Buch, das Christian las. »Dann bis du also eine kleine Zeitungsmaus!« Der Junge streichelt der Maus den Kopf. »Ich werde dich behalten, dich auch Oskar nennen und dir morgen meine Familie vorstellen«, beschließt der Bub. Er nimmt die Maus und setzt sie in den Käfig. Eine Zeit lang beobachtet er seinen Freund, wie dieser seine neue Umgebung erkundet. Oskar rollt sich in einer Ecke seines Käfigs zusammen und schläft ein.

Am nächsten Morgen, als Christian aufwacht, ist seine Maus schon beim Frühstücken. Doch, was frisst Oskar da? Das sind doch keine normalen Körner, sondern Zeitungsschnipsel. Auf einmal öffnet sich die Türe und Christians Mutter betritt das Zimmer. Bevor sie zu Wort kommen kann, legt Christian schnell den Zeigefinger auf den Mund. »Ich hab dir doch gesagt, dass es Oskar wirklich gibt!«, flüstert er.

Die Mutter nimmt ihren Sohn in den Arm. »Du hattest von Anfang an recht!«, gibt sie zu. »Oskar die kleine Zeitungsmaus gibt es wirklich!«

Und wer weiß, vielleicht wird die Mutter Christian das nächste Mal, wenn er wieder behauptet eine Bilderbuchgestalt zu sehen, von Anfang an glauben!

Oskar, die kleine Zeitungsmaus gibt es doch!

Ilona Prakesch

85757 Karlsfeld

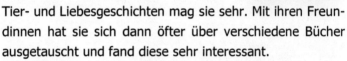

Ilona Prakesch lebt seit 13 Jahren in Karlsfeld.

Schon als kleines Kind hatte sie viele Hobbys, darunter auch lesen. Vor allem Tier- und Liebesgeschichten mag sie sehr. Mit ihren Freundinnen hat sie sich dann öfter über verschiedene Bücher ausgetauscht und fand diese sehr interessant.

Eines Tages kam sie auf die Idee selber eine Geschichte zu verfassen. Auch Gebete sind unter ihren Werken zu finden. Jedoch dem Schreiben von Gedichten gehört ihre große Leidenschaft.